Ingrid Metz-Neun

Schreiben ist wie leben – nur schöner

Ingrid Metz-Neun

Schreiben ist wie leben
– nur schöner

Roman

Ein Sohn lernt seine Mutter erst nach deren Tod richtig kennen. Anhand von Kurzgeschichten und Gedichten, die sie hinterlassen hat, befasst er sich mit ihrem Leben und lernt dabei auch viel über sich selbst.

Ingrid Metz-Neun, Jahrgang 1950, Schauspielerin, Sprecherin, Regisseurin, Autorin. Lebt nach vielen Großstadtjahren in einem kleinen Ort an der Nordsee. Sie schreibt Geschichten, Gedichte und kleine Romane über das Leben.

Alle Rechte vorbehalten
© Ingrid Metz-Neun (2019)
www.ingrid-metz-neun.de

ISBN: 978-3-749429-95-0

Cover, Layout und Satz: Joachim Schüler, Fulda
Herstellung und Verlag: BoD - Books on Demand GmbH, Norderstedt,
www.bod.de

Prolog

Die Stimme ist ein Clown. Wenn man sie beherrscht,
kann sie viele Gefühle vorgaukeln.
Die Stimme ist auch ein Muskel, der trainiert werden
muss. Wird sie nicht gefordert, verkümmert sie.

Meine Stimme ist ein Clown,
sie lächelt, auch wenn ich traurig bin,
lässt niemanden in die Seele schaun,
für mich, kein wahrer Gewinn.

Ist nicht so, dass ich mich beklage, aber was mir
wirklich mal am Herzen läge: Einfach mal so reden,
wie ich mich grad fühl!

Die Seebestattung

Nachdem der Kapitän die Asche dem Meer übergeben hatte, ertönten vier Doppelschläge, das sind acht
Glasen der Schiffsglocke.
Sie waren bei diesigem Wetter losgefahren, aber
jetzt war der Himmel aufgerissen, die See lag ruhig,
und die Sonne ließ den nahen Frühling ahnen.
„Wie kann ein so lebensfroher, quirliger Mensch in so
eine kleine Urne passen", dachte er. Er sah sie vor sich:
blonde, wuschelige Naturlocken über strahlenden
blauen Augen, den Lippenstift immer passend zum
Nagellack und den Nagellack farblich auf die Kleidung
abgestimmt. Trotz ihrer Fülle sah sie stets anmutig
aus, wie eine lebensgroße Käthe-Kruse-Puppe.

Mit ihm waren nur der Kapitän und ein Matrose an
Bord. So hatte sie es gewollt. Das war neu für den
alten Seebären, der seit Jahren nicht mehr Krabben-
fischer, sondern Seebestatter war; ein wesentlich lu-
krativeres Geschäft, das boomte. Immer mehr Menschen zogen eine Seebestattung dem Grab auf dem
Friedhof vor. Aber häufig waren zehn bis zwanzig An-
gehörige auf der letzten Fahrt dabei, nicht nur einer.
„Waren Sie schon mal in Büsum"? – „Nein, nein, ich
bin zum ersten Mal hier", antwortete er stockend, un-
sanft aus seinen Gedanken gerissen. „Ich bedaure,
nicht früher einmal meine Mutter besucht zu haben.
Es hätte sie bestimmt gefreut. Jetzt ist es zu spät."

„Ja, mien Jung, dat geiht de Lüü to. Da denkt man immer, noch so viel Zeit zu haben, aber der liebe Gott hat andere Pläne."

Bis sie wieder den Hafen erreichten, hatten sie dann beide geschwiegen. Er war froh gewesen, nicht mehr reden zu müssen. Der Weg in ihr Haus fiel ihm schwer genug. Seit einer Woche war er bereits da. Nachdem er von der Nachbarin die Nachricht erhalten hatte, war er losgefahren, ohne Rücksicht auf Geschwindigkeitsbegrenzungen. So, als könnte er durch die schnelle Fahrt die Gewissheit aufhalten, den Tod nicht rückgängig machen zu können, aber er kam zu spät.

Der Ordner

Er fand alles so vor, wie sie es ihm vor fünf Jahren erklärt hatte, als sie vor der schweren Operation mit ihm zum Notar gegangen war und alles bis ins Kleinste festgelegt und im blauen Ordner abgeheftet hatte. Die OP hatte sie gut überstanden; auf dringendes Anraten der Ärzte war sie endlich ruhiger geworden, hatte ihm die Geschäftsleitung übergeben und sich einen Traum erfüllt: ein kleines Haus, ganz auf ihre Bedürfnisse zugeschnitten, mit herrlichem Garten, direkt an ihrer geliebten Nordsee, deren Luft ihren kaputten Bronchien so guttat.

Er hätte ihr so gern mehr glückliche Jahre gewünscht, und obwohl ihm der Arzt versichert hatte, dass sie nicht gelitten hätte – der Infarkt wäre so heftig gewesen, dass sie auf der Stelle gestorben war –, konnte ihn das nicht trösten.
Warum hatte er einen Besuch immer wieder hinausgeschoben? Weil er so beschäftigt war? Ja, das war er tatsächlich. Aber in erster Linie deshalb, weil er allen beweisen wollte, dass er aus ihrem Schatten heraustreten und die Firma zu nie gekannten Höhenflügen bringen konnte. Dass er daneben noch weitere Geschäftszweige eröffnet hatte und sehr erfolgreich war. Sie telefonierten täglich, bei allen Unternehmungen gingen Mails hin und her. Er hatte nie das Gefühl, dass sie nicht „anwesend" war. Sie war es. Obwohl

er sich manchmal noch mehr Eigenständigkeit gewünscht hätte, war er in kritischen Situationen insgeheim auch froh darüber.

Sie hatte für alles den Grundstein gelegt, er konnte sorgenfrei darauf aufbauen, aber für wen? Er war nicht verheiratet und hatte keine Kinder. Zum ersten Mal im Leben wurde auch ihm seine „Endlichkeit" bewusst, und er fragte sich: Wer sollte das alles erben? Sollte er eine Stiftung gründen? Das wäre bestimmt auch in ihrem Sinne gewesen.

Jetzt wollte er nur noch bleiben, bis das Haus verkauft war. Interessenten gab es genug. Dithmarschen stand wie viele Nord- und Ostseegemeinden hoch im Kurs. Die Leute fuhren nicht mehr in die Türkei oder zum Ballermann. Sie blieben im Land.

Vor ihrer Haustür empfing ihn ein kleines Meer von Blumen und Kerzen und Briefe. Er war überwältigt über die große Anteilnahme. Ihm war direkt nach seiner Ankunft viel Freundlichkeit und Hilfe von Seiten der Nachbarn entgegengebracht worden. Man lud ihn sofort spontan zum Essen ein. Die einen kümmerten sich um den Verbleib ihrer Kleidung und Wäsche, spendeten sie für einen guten Zweck, wie sie es schon zu Lebzeiten getan hatte, die anderen verteilten ihre Bücher in ihren Ferienwohnungen, so dass er sich nur noch um ihre persönlichen Dinge kümmern musste, und dafür wurden ihm Umzugskisten bereitgestellt.

Ihren Wagen überließ er zu einem guten Preis der Werkstatt, die sie betreut hatte, und auch auf dem Rathaus war man freundlich und unkompliziert. Er konnte sich nicht vorstellen, dass so eine Unterstützung auch in der Großstadt möglich wäre, jedenfalls hatte er es nie so erlebt. Hatten die Menschen hier keine Probleme? Sie waren alle so relaxed.

Langsam begriff er, was sie immer mit „dem Zauber des Landlebens" umschrieben hatte. Mehrfach hatte sie nach dem Umzug geschwärmt: „Ich fühle mich endlich zu Hause angekommen."

Er schaute auf den großen Teich vor dem Küchenfenster mit den unzähligen Enten und Blesshühnern. Auf den obersten Zweigen der Erlen breiteten die schwarzen Kormorane ihr Gefieder zum Trocknen aus. Sie hatte ihm Fotos davon geschickt. Auf der anderen Seite des Zimmers, das Küche, Ess- und Wohnzimmer in einem war, blickte er auf die Wiesen und Weiden mit den Pferden, Kühen und Schafen. Idylle pur. Gerade stolzierten Rebhühner über ihren Rasen, zumindest glaubte er, es seien Rebhühner, denn er wusste nicht genau, wie sie aussehen.

Sein Handy klingelte. Er ärgerte sich über den schlechten Empfang und bat den Anrufer, die Festnetznummer zu wählen. Das Internet war so langsam, wie er es nur von Urlauben, weit weg auf irgendeiner südlichen Insel, her kannte und verlangsamte seine Arbeitsweise beträchtlich.

Aber merkwürdigerweise störte ihn das schon am zweiten Tag nach seiner Ankunft nicht mehr so sehr. Er spürte, wie er automatisch, ganz ohne sein Zutun, ruhiger wurde.

Nachdem er die wichtigsten geschäftlichen Dinge erledigt hatte, widmete er sich wieder dem blauen Ordner mit den Anweisungen und Verfügungen. Das meiste hatte er schon erledigt. Jetzt fiel sein Blick auf einen alten schwarzen Ordner, der abgegriffen aussah und ganz ohne Beschriftung war. Er war kurz davor, ihn in den Müll zu schmeißen, dann machte er ihn doch auf und blätterte darin. Kein Inhaltsverzeichnis, kein ABC-Register, nur Blätter mit den unterschiedlichsten Schrifttypen, einfach nur Texte, manche mit Überschrift, manche ohne, fast immer ohne Datum. Er las die erste Seite.

Glück

So wie der Ursprung des Wortes im Dunkeln liegt, ist mir nun auch die Bedeutung des Wortes abhandengekommen. Glück war immer nur kurzzeitig, erinnere ich mich. Tausend Mal habe ich gesagt: „Welch ein Glück" oder „Wie bin ich glücklich" (Letzteres mehr gedacht als gesagt). Ich zähle nicht zu den Menschen, die lauthals lachen, sich auf die Schenkel klopfen oder die Augen verdrehen. Ich bin mehr ein stiller. Und auch die größten Glücksgefühle, daran erinnere ich mich ganz genau, waren meist kleinen Ursprungs: der Junikäfer auf meinem Handrücken, das Lächeln des Kindes.

Nein, ich habe nicht verlernt, für viele Dinge des Alltags dankbar zu sein: die warme Wohnung, die Beweglichkeit des Körpers, die Zuneigung von Freunden. Aber die sinnliche Freude als Glück zu bezeichnen, hat mich verlassen, zeitgleich mit der Sehnsucht. Deshalb habe ich das dumpfe Gefühl, dass diese beiden zusammen gehören: ohne Sehnsucht kein Glücksgefühl.

Ich weiß nicht mehr, wann es begann: Plötzlich musste ich nicht mehr die Erste sein, die Schönste, die Erfolgreichste, auch nicht diese oder jene Sehenswürdigkeit gesehen, dieses oder jenes gefühlt oder geschmeckt haben.

Bin ich jetzt alt, frage ich mich? Aber ich kenne viele, die viel älter sind als ich und die noch voller Sehnsucht sind. Ist es also ein biologischer Zerfall? Die Rache für alle meine Ausschweifungen? Habe ich mein Glückskonto aufgebraucht?

Hallo, die Sonne scheint, ein Vogel zwitschert, der Tee riecht köstlich, ich hatte Stuhlgang, nichts zwickt mich, warum bin ich nicht glücklich? Warum weine ich?

Eine schwerwiegende Depression, sagen die Ärzte. Ich weigere mich, Psychopharmaka zu nehmen. Ich will es mit meinem Kopf und Verstand hinkriegen. Ich bin undankbar, ganz klar. Es gibt Menschen, die sitzen im Rollstuhl und sind glücklich. Neulich, der Blinde im Restaurant, wurde gefüttert von der Freundin und hat so herzlich gelacht, als die Tomate auf seinem Hosenbein zerplatzte. So hört sich Glück an. Und ich sitze und beobachte und schmecke nichts wirklich und rieche nichts wirklich und bemerke nicht den liebevollen Blick des Mannes. Nehme hin, mehr nicht. Ich bin für die Gesellschaft nicht mehr tragbar, aber zu feige, wirklich zu springen oder ein Gift zu besorgen. Schade, dass es keine Bushaltestelle für Lebensmüde gibt: einsteigen und entschlafen. Das wäre eine feine Sache.

Alle versuchen, mich zu trösten, die Ursache dem langen Winter zuzuschreiben. Aber ich bezweifle, ob sich dieses warme, wohlige Glücksgefühl, als das ich es in Erinnerung habe, jemals wieder einstellt.

Anfangs dachte ich, ich müsste nur lange genug weinen, dann käme die Fröhlichkeit irgendwann automatisch um die Ecke. Ich glaube, inzwischen könnten meine Tränen einen kleinen Salzsee speisen, und ich frage mich, wo kommen die überhaupt noch her? Muss ich salzärmer kochen? Sollte ich es mit mehr als einem Glas Wein am Abend probieren?

Jetzt werde ich albern und schweife ab. Es ist mir ernst mit meiner Trauer. Ich hasse mich dafür und kann nicht dagegen an. Es muss etwas mit der nicht vorhandenen Sehnsucht zu tun haben. Davon bin ich jetzt überzeugt. Ich erinnere mich plötzlich an Cocteaus „Geliebte Stimme". Ich spielte diesen Einakter oft und ich war gut, haben damals viele gesagt; in meiner gespielten Traurigkeit, in dem Schmerz der verlassenen Frau. Obwohl ich nie in der Form verlassen wurde, konnte ich es erfühlen, denn ich wusste, wie Leidenschaft brennt. Und es war die Sehnsucht nach so einer absoluten Liebe und Hingabe, für die eine Trennung unweigerlich den Tod bedeuten musste.

Da war es wieder, das Wort Sehnsucht. Wenn ich keine Sehnsucht mehr habe, kann ich kein Glück wirklich spüren. Mir geht es gut, ganz klar. Ich habe keine wirklich großen Probleme. Ich bin übersättigt. Wovon? Mein Leben war immer nur Kampf, immer nur Trotz. Aber ich hatte Ziele. Und jetzt?

Ich habe meinem Liebsten wehgetan, weil ich nicht sagen konnte: Ja, ich freue mich, wenn du kommst. Es ist nicht weniger schön, wenn er nicht kommt. Zweisamkeit und Einsamkeit haben Vor- und Nachteile. Im Laufe meines Lebens habe ich so oft Ja gesagt, obwohl ich Nein meinte, dass ich mich an die Lüge gewöhnt habe. Und seitdem ich halbwegs ehrlich bin, verschwimmen die großen Gefühle zu einem seichten Gefühlsbrei ohne Geschmack.

Wenn ich doch nur wüsste, was ich mir am sehnlichsten wünsche!

Der letzte Strahl der untergehenden Sonne berührt meine Tastatur. Und plötzlich weiß ich es, so klar und deutlich, dass ich schallend lache. Warum habe ich es nicht früher erkannt? Warum war ich so blind? Mein Herz ist voll von Geschichten, die aufgeschrieben werden wollen. Meine Finger sind längst nicht so flink wie mein Geist.

Alles will aus mir herausströmen.

Wenn es nur ein paar Menschen gäbe, denen diese Zeilen – und alles, was ich danach schreiben werde – etwas bedeuteten, sie nachdenklich oder fröhlich machten, das wäre mein Inbegriff von G L Ü C K.

Er las es noch einmal. War das von ihr, war das wirklich ihr innigster Wunsch, zu schreiben und gelesen zu werden?

Er merkte nicht, dass es inzwischen dunkel geworden war, und im Schein der kleinen Schreibtischlampe blätterte er weiter.

Das Interview

Sie lächelte. Ja, er durfte diese Frage stellen. Er war einst ihr Lieblingsschüler. Groß und schön und zurückhaltend stand er damals vor ihr. Der gerade erworbene Doktortitel schützte ihn nicht vor den Illusionen in seinem Kopf. Sie trat ihm sanft, aber beharrlich in seinen – bildlich gesprochen – knackigen Po, bis er alle Spielregeln ihres Gewerbes beherrschte. Heute war er Programmdirektor – ohne Illusionen im Kopf. Ein Mann Ende Vierzig, der genau wusste, was sein Publikum sehen und hören wollte, ein Garant für Einschaltquoten. Und dieses Portrait anlässlich ihres fünfundsechzigsten Geburtstags wollte er persönlich drehen. Nicht diese nullachtfünfzehn Fragen. Seine Zuschauer interessierten die intimen Dinge, ungeschminkte Wahrheiten, und nur zu ihm hatte sie Vertrauen.

Er erwiderte ihr Lächeln und wiederholte seine Frage: „Welches war die glücklichste Zeit in Ihrem Leben?"

„Die Frage ist falsch, mein Lieber. Jetzt, ja jetzt ist meine glücklichste Zeit. Sehen Sie, ich habe eine wunderbare Begabung. Je älter ich werde, desto besser verstehe ich mein Leben, begreife die Zusammenhänge. Nichts war unwichtig, vieles schmerzhaft, aber rückblickend kristallisiert sich das Wichtige immer klarer heraus. Erst jetzt bin ich in der Lage, resümierend das Schönste in vollen Zügen zu genießen."

„Heißt das, Ihre großen Erfolge auf der Bühne und im Film haben nicht unbedingt Priorität?"

„Ganz und gar nicht. Sie waren die reiche Ernte meines verbissenen Fleißes. Aber als ich auf der Höhe meines sogenannten Ruhmes stand, war ich der einsamste Mensch. Mein Sohn wurde von fremden Menschen großgezogen, mein Mann machte in der Politik Karriere. Wir mimten nur für die Regenbogenpresse Familienglück. In Wirklichkeit wussten wir nichts voneinander und nahmen uns auch nicht die Zeit, etwas voneinander zu erfahren. Wir ertränkten unsere emotionale Traurigkeit in rauschenden Festen und heißen Flirts in kalten, teuren Hotelzimmern oder auf den Rücksitzen eines Mietwagens; immer in der Angst, an die oder den Falschen geraten zu sein, der unsere Popularität für seine schmutzigen Geschäfte ausnutzen könnte."

„Aber ich erinnere mich, dass Sie immer beteuerten – auch damals – glücklich zu sein."

„Natürlich. Damals war ich es ja auch. Ich redete mir ein, begehrt, beachtet, geliebt zu werden und diese erotischen Hipp Hopps gehörten dazu und schmeichelten meinem Ego. Je verrückter, desto besser. Heute weiß ich, dass aller Ruhm und alles Rampenlicht verblasst gegen die letzten Jahre mit meinem Mann."

„Aber Sie sagten doch gerade, Sie hätten sich schon früh auseinandergelebt."

„Ja, aber wir schafften das Außergewöhnliche. Nachdem wir uns hundertmal verkracht und wieder versöhnt hatten, um uns bei nächster Gelegenheit wieder in den Haaren zu liegen, hielten wir irgendwann mitten im Streit inne und schauten uns in die Augen. Und erkannten, dass immer noch die Liebe darin aufblitzte, wie der perlenbestickte Unterrock unter dem Saum meines Hochzeitskleides. Wir fielen uns in die Arme und weinten."

Sie machte eine Pause. Und er wagte kaum zu atmen. Nach einer Ewigkeit fragte er leise: „Wie ging es weiter?"

„Wir waren zu beschäftigt, um unsere Wandlung zu begreifen. Ich hatte gerade meine Schule eröffnet, war voller neuer Ideen, und er kandidierte für den Landtag. Neue Streits und Eifersüchteleien waren vorprogrammiert. Erst nach seiner Pensionierung erinnerten wir uns an diesen liebevollen Augenblick, es war der Tag, an dem wir dieses Grundstück mit dem alten Haus kauften, das wir bei einem spontanen Spaziergang entdeckt hatten. In dieser gottverlassenen Gegend, irgendwo im tiefsten Odenwald, wo man nachts die Gartenstühle draußen stehen lassen konnte, ohne dass sie gestohlen wurden und die einzige Sorge im Winter den Mardern galt, die mit Vorliebe im Motorraum der Autos übernachteten und gerne mal die Bremskabel anknabberten. Hier lernten wir uns kennen. Wir lernten reden. Wir lernten schweigen. Diese Mauern konnten ein Lied von unserer Liebe singen."

„Verzeihen Sie, Verehrteste, romantisieren Sie jetzt nicht ein wenig? Darf ich Sie an die Verleihung der Goldenen Palme erinnern, an Ihre Romanze mit dem Musicalstar. Sie waren das schönste Paar in Cannes."

„Das war amüsant, aber das war nur Show. Milan war impotent. Das einzige, womit ich ihn erregen konnte, war, ihm zu gestatten, mir meine roten Stiefel zu lecken. Er flehte mich an, ihn zu erniedrigen. Der arme Teufel. Er starb bei einem Autounfall."

„Und die Liaison mit dem Regisseur von Mackie Messer?"

„Mackie lebte nur für das Theater, in einer Traumwelt. Seine Ideen waren grandios. Jeder war von ihm fasziniert. Er hatte Charisma, aber duldete keinen Widerspruch. Für ihn war nicht der Mensch wichtig, sondern nur die Person, die sich nach seinem Willen formen ließ. Mir erging es wie vielen vor und nach mir. Sein Spieltrieb endete nicht auf der Bühne. Als seine Hauptdarstellerin war ich ihm nur zu gerne zu Willen. Und eine Zeit lang teilte ich seine Suche nach immer neuen Glücksmomenten in den unbequemsten Stellungen."

Ein lasziver, kleiner Lacher schloss sich der Darstellung an, und wieder wagte er kaum zu atmen.

„Nein, Sie könnten noch viele Beispiele nennen, aber Sie wollten doch die Wahrheit hören. Als mein Mann und ich in dieses Haus zogen, begannen wir endlich zusammen zu leben. Wissen Sie, wie schön es ist, gemeinsam aufzuwachen und zu fragen „Wie hast du geschlafen?" Wenn man über sechzig ist, wird erholsamer Schlaf zu etwas Kostbarem. Und wenn man ohne Rücken- oder Gelenkschmerzen aufwacht, möchte man die ganze Welt umarmen. Dann genießt man einen Cappuccino auf der Terrasse und beobachtet das Meisenpaar, wie es emsig hin- und herfliegt und seine Brut versorgt, die laut piepsend nach immer neuer Nahrung verlangt. Man schaut in die Zeitung und echauffiert sich über die neuesten Gräueltaten in der Welt.
Jeder Tag vergeht viel zu schnell. Es liegt nicht daran, dass man selbst langsamer wird, nein, man lebt bewusster und möchte die Vergänglichkeit des Moments aufhalten, aber umso schneller verrinnt dieser.
Zum Beispiel die Freude am Teich über die erste Seerose, der heil den Winter überstandene Zitronenbaum, die geglückte Erdbeermarmelade nach neuem Rezept, der Beischlaf am Nachmittag.
Bitte, sagen Sie jetzt nichts. Ich weiß sehr wohl, wie schön junge Haut sich anfühlt, wie erregend ein makelloser Körper auf Seidenbettwäsche aussieht. Jugend ist ein Geschenk, das man erst zu schätzen weiß, wenn sie vor-

über ist. Alter ist ein Zustand, den man verdammen oder genießen kann. Gemeinsam alt zu werden und jeden Tag ein kleines Stückchen Verfall zu registrieren, mobilisiert gleichsam immense Kräfte. Bei jedem Liebesakt möchte man sich beweisen und den Verfall aufhalten, und jedes Mal betrügt man sich nur zu gerne. Denn je stimulierter man ist, desto weniger empfindet man Schmerz. Die Liebe wird für die Momente der Lust zum Jungbrunnen und jeder Orgasmus zum Triumph über die Vergänglichkeit. Endlich kann man genießen. Jeder Tropfen des Glücks wird zum unvergänglichen Diamanten. Das Collier, das ich mir auf diese Weise in den letzten Jahren erworben habe, ist mein ganzer Stolz. Es strahlt aus meinen Augen, und jede Falte im Gesicht verleiht ihm neuen Glanz."

Er hing an ihren Lippen. Bei den letzten Sätzen hatte er die Augen geschlossen und lauschte ihrer sanften Stimme, die ihn streichelte und wärmte. Er fühlte sich wieder als ihr Schüler, und er wusste, dass es seine Aufgabe war, seinem Publikum ihr Wissen zu vermitteln. Programme für die Jugend und das Alter. Jede Zeit kann schön sein. Das sollte das Thema seines Senders sein.

Er war zutiefst berührt und musste gleichzeitig schmunzeln. Das war sie, manchmal selbstverliebt und kokett. Scheinbar brauchte sie ein Schlüsselerlebnis, um daraus eine Geschichte zu formen, zu erfinden.

Dann musste er daran denken, dass ihnen nur kurze Zeit für ihr spätes Glück geblieben war. Er war beim Schneiden der Bäume so unglücklich rückwärts von der Leiter gestürzt, dass er den Aufprall auf den Findling nicht überlebte. Für kleines Geld verkaufte sie das Anwesen an einen Mitarbeiter, ohne es jemals noch einmal zu betreten. Streifte es ab wie eine alte Haut. Wenig später dann ihre Krebsdiagnose. Erstaunlicherweise gewann sie diesen Kampf, obwohl sie zu diesem Zeitpunkt den Tod ihres Mannes noch nicht überwunden hatte und kehrte ihn sogar ins Gegenteil. „Im Nachhinein bin ich dem Krebs sogar dankbar. Er hat mich innehalten lassen, meine Ruhelosigkeit gestoppt. Jetzt bin ich bereit für einen neuen Lebensabschnitt." Das hatte er sie mehrfach sagen gehört.

Er schluckte. Was wusste er wirklich von ihr? Sie hatte ihn allein großgezogen, dann hatten sie dreißig Jahre zusammen gearbeitet. Sie waren nie wirklich wie Mutter und Sohn, eher wie Partner. Manchmal waren sie unterschiedlicher Meinung, aber das ließ sich immer im Gespräch klären. Er erinnerte sich nicht an einen einzigen wirklichen Streit.

Auch bei seinen Freunden war sie beliebt. Sie hatte für alle ein offenes Ohr, gab Ratschläge, ohne zu belehren, tröstete mit leckerem Essen, selbst gemachter Marmelade oder einem Überraschungskuchen. Sie kochte und buk nie nach Rezept, immer aus Übermut. Hatte er deshalb noch keine Frau gefunden, die er hätte heiraten wollen, weil er verglich? Er kannte viele interessante, emanzipierte Frauen, aber die makellose Fassade bröckelte, wenn sie bei ihm eingezogen waren, und er merkte, dass außer den beruflichen Qualitäten nicht viel vorhanden war, weder im Alltag noch im Haushalt. Sie wollten verwöhnt und umsorgt werden und taten immer so, als würden sie sich beim Sex etwas vergeben und könnten Hingabe als Zahlungsmittel benutzen. Das hasste er. Er wollte Liebe ohne Gegenrechnung, aber dazu war er wohl zu erfolgreich und betucht.

Vor einiger Zeit hatte er sie – zu ihrer großen Überraschung – gefragt, warum sie zum Beispiel nicht einen ihrer reichen Liebhaber geheiratet hatte. Warum sie sich alles im Leben unbedingt hatte selbst erarbeiten, sich nie etwas schenken lassen oder von einem Mann hatte abhängig sein wollen. „Das ist eine lange Geschichte. Ich schreibe sie dir mal auf, dann kannst du sie lesen", hatte sie geantwortet.

Sein Mund war trocken. Es war fast Mitternacht. Er trank zwei Flaschen Wasser auf ex. Hunger hatte er keinen mehr. Warum hatte sie keine der Texte mit Datum versehen? Wann hatte sie was geschrieben? Jetzt war er völlig aufgekratzt und angefixt. Er wollte alles lesen, aber nach zwei Gedichten fielen ihm die Augen zu.

Museumseröffnung

Da strömen sie im Sonntagskleid,
die Kunstinteressierten von nah und weit
und lauschen zunächst auch brav den Reden,
die wichtige Menschen zum Besten geben.

Doch sind der Huldigungen viel zu viele
und auch die Erläuterungen der einzelnen Stile
gehen bald unter im Gemurmel der Leute
eine Dame zischt: Ruhe! Es prallt ab von der Meute.

Als der Künstler zum Schluss ganz unprätentiös
vom Zweck seiner Stiftung und vom Erlös
seiner Werke erzählt, hört kaum einer mehr hin.
Hätte er gleich gesprochen, hätte es mehr Sinn
gemacht, als die Beweihräucherungen anzuhören.
Wann erkennt man endlich, dass diese nur stören.

Also, ich werde mir bei Gelegenheit
alleine oder vielleicht auch zu zweit
alles in Ruhe ansehen und auf mich wirken lassen;
ohne dass mich die „kunstinteressierten" Massen
ablenken. Sehen und gesehen werden, denke ich süffisant,
erhält bei einem solchen Event letztlich die Oberhand.

Beobachtungen (nicht nur zur Weihnachtszeit)

Es fällt auf: Nicht nur alte Damen, zum Verdecken ihrer Falten
tragen plötzlich Schals; mal aus Wolle, mal aus Seide.
Nein, auch Herren jeden Alters und das nicht nur an den kalten
Tagen, tun sie lässig um den Hals, als wär's Geschmeide.

Ähnlich geht's mit den Tattoos. Hatten früher meistens Rocker
solche, oder höchsten mal die Leichtmatrosen,
trägt fast jeder, weil es „in" ist, ganz verschämt oder auch locker
was Gestochenes, oft in Form von Rosen.

Daran merk ich, ich werd alt. Vieles lässt mich plötzlich kalt,
was ich früher über Nacht gerne hätte mitgemacht,
jede Mode, noch so wild, trug ich auch und war im Bild.
Heute trag ich, was ich will, und bleib auch beim Anblick still,
seh ich allerhand Verrücktes, denk ich, Gott sei Dank, zum Glück es
muss nicht sein. Ach, wie fein.

Er schlief auf der grauen, breiten COR-Couch ein. Die hatte sie schon lange. Ein großes, schweres Teil, unverwüstlich und herrlich gemütlich. Er träumte viel wirres Zeug und wachte vom ersten Flieger auf, der nach Helgoland flog.

Vom kleinen Flugplatz in Oesterdeichstrich wird Helgoland schon seit Jahrzehnten viermal täglich angeflogen, nicht nur, um Passagiere dort hinzubringen, sondern auch, um Post und Proviant in 20 Minuten über die Nordsee zu transportieren.

Da er selbst einmotorige Cessnas und Pipers fliegen konnte, hatte er sich bereits am ersten Tag diesbezüglich kundig gemacht.

Es juckte ihm in den Fingern, ein Flugzeug zu chartern und sich das Wattenmeer von oben anzusehen. Immer mehr verstand er, warum sie sich hier oben so wohl gefühlt hatte. Es war nicht nur die gute Luft, es waren auch die vielen kleinen Dinge – der Kaffeeklatsch mit den neuen Freundinnen, die Ausstellungen und Lesungen in den Nachbargemeinden, die Livemusik im Bistro –, die das Landleben so beschaulich und wohltuend machten und die sie all die Erfolgs- und Arbeitsjahre über vermisst hatte. Hier musste sie sich nicht schminken und stylen. Die Leute mochten sie, wie sie war. Man bewunderte ihren „grünen Daumen" und wie unprätentiös sie sich gab. Es war den freundlichen, hilfsbereiten Nachbarn wichtig gewesen, ihm das schon kurz nach seiner Ankunft mitzuteilen.

Langsam fühlte er sich im Haus heimisch. Zum ersten Mal inspizierte er den großen amerikanischen Kühlschrank, sortierte aus, was nicht mehr genießbar war, und bereitete sich von den Resten ein üppiges Mahl. Als ein Kaufinteressent anrief, vertröstete er ihn auf die nächste Woche. Plötzlich hatte er das Bedürfnis, etwas länger zu bleiben. Während er den Kaffee trank, las er weitere Geschichten aus dem Ordner.

Mein lieber Hauptdarsteller,

für unser Theater „Leben" möchte ich unser 2-Personen-Stück „Liebe" trotz der unwürdigen Generalprobe Weihnachten '79 für die laufende Spielzeit '80 auf dem Spielplan belassen. Es hat sich gezeigt, dass nach der zögernden Premiere (vor ausverkauftem Haus) die Darbietung laufend besser wurde. Unebenheiten haben sich zum Großteil abgeschliffen ohne dass das Stück an Spannung verlor. Diese Spielweise bitte ich beizubehalten.

Da sich das Thema weder für die Rubrik „Drama" noch „Komödie" eignet, möchte ich es unter dem Oberbegriff „Experimentelles Theater" eingliedern. Hier verspreche ich mir die längste Spielzeit.

Bleibt nur zu wünschen, dass Sie sich täglich genügend Ausgleich verschaffen, um gleichbleibend freudig ans Werk zu gehen. Einen evtl. Ausfall, den ich weiß Gott nicht wünsche, bitte ich rechtzeitig anzukündigen, damit ein Ersatzmann engagiert werden kann. Eine ständige Doppelbesetzung halte ich bei ihrer guten Konstitution für nicht erforderlich, aber eine längere Spielpause können wir uns bei der derzeitigen Marktlage nicht leisten.

Sehr, sehr doppeldeutig, dachte er. Eine Liebe als Theaterstück zu definieren. Gewagt. Er lächelte.

Auf dem Wege zu dir, traf ich mich
auf dem Wege zu dir, übersah ich dich
auf dem Wege zu dir, begriff ich mich
auf dem Wege zu dir, fand ich dich endlich wieder.

Heute morgen
hatte unsere Zuneigung
wieder so ein breites Dach der Geborgenheit.

Ohne dich wünsch ich so vieles, mit dir nichts.
Ohne dich versäum ich so vieles, mit dir nichts.
Ohne dich erträum ich so vieles, mit dir lebe ich.

Schade, nirgendwo ein Datum. Wem hatte sie das gewidmet?

Er hatte das Bedürfnis, die Aufzeichnungen zu ordnen. Sein Sternzeichen Jungfrau machte sich breit, wollte alles in eine ordentliche, verständliche Reihenfolge bringen. Aber wie?

Er blätterte weiter.

Mir war nie so bewusst wie heute, dass ich größere Überlebenschancen habe, als ihr.

Euch fehlt die Lust zur Sinnlichkeit, zur Natürlichkeit, zum Spiel.

Die 70er Jahre sind intellektuelle Jahre geworden.

Zorn und Kritik herrschen vor.

Eure Ideale hängen mir zu hoch, Eure Gedanken sind mir zu abstrakt.

Fast jeder macht sich selbst kaputt. Der eine mit Stress, der andere mit Trägheit. Der eine auf der Jagd nach Geld, der andere auf der Jagd nach Träumen.

Die Welt ist auf dem besten Wege, sterile, kühle, kluge Hülle zu werden.

Schau dir die Architektur, schau dir die Menschen an: groß, schlank und glatt. Wollüstige Rundungen sind verpönt.

Ich möchte ihre Sachlichkeit mit Liebe, Geduld, Ruhe und Ausgeglichenheit zuschütten.

Ich fühle mich ziemlich frei von Aggressionen, Angst, Hass, Neid und Unzufriedenheit und das ist, glaube ich, der Grund für mein Wohlbefinden.

Ich will nicht die Augen verschließen, mir aber eine gehörige Portion Freude bewahren.

Das kleine Glück

Heute habe ich das Glück getroffen.
Es war sehr lieb und bescheiden.
Ich hatte es mir größer vorgestellt, imposanter.
Aber so wirkte es sehr viel interessanter
auf mich, die Prinzessin im roten Kleid,
mit blauen Augen und einem Herzen so weit,
dass du Fangen damit spielen könntest.
Aber ich weiß, du spielst nicht.
Du machst zärtlich ein strenges Gesicht
Und magst mich, wie ich bin.
Da kommt mir Liebe in den Sinn.

Wem hatte sie das geschrieben? Wieder einmal bedauerte er, nicht mehr Zeit mit ihr verbracht zu haben in den letzten Jahren. So wie früher, als sie noch zusammen arbeiteten und es sich manchmal ergab, dass er abends, wenn alle Mitarbeiter aus dem Haus waren, eine Flasche Rotwein öffnete und sie Käse und Weintrauben auf den großen Tisch stellte und redeten, redeten, redeten.

Er musste lächeln, als er daran dachte, wie oft er sie damals fragte, warum sie sich zusätzlichen Stress damit bereite, so viele Affären zu haben. Aber jedes Mal lachte sie nur und sagte: „Je mehr ich arbeite, desto mehr Lust habe ich. Das ist kein Stress, sondern Ausgleichssport."

Damals war er gerade mal halb so alt wie sie, aber er selbst empfand jede Beziehung als arbeitsintensiv und deshalb sank seine Libido gegen Null, je mehr er beruflich gefordert war.

Er schlug die nächste Seite auf.

Jeden Mittwoch, kurz nach sieben
Komme ich, um dich zu lieben
Es darf nicht sein, wir wissen das
Und trotzdem macht es großen Spaß
Jeden Mittwoch, kurz nach sieben.

Wir denken uns, was soll das bloß
Was ist mit unsren Herzen los
Es darf nicht sein, wir wissen das
Und trotzdem macht es großen Spaß
Jeden Mittwoch, kurz nach sieben.

Ich will nicht viel, doch du willst mehr
Du sagst, die Sehnsucht plagt dich sehr
Es darf nicht sein, wir wissen das
Und trotzdem macht es großen Spaß
Jeden Mittwoch, kurz nach sieben.

Wir haben oft geschworen, dass
wir hier und heute standhaft sind.
Doch wieder, ohne Unterlass
am Mittwoch, kurz nach sieben,
lieben wir uns, lieben, lieben.
Es darf nicht sein, ich heul gleich los,
benehm mich wie ein kleines Kind,
das trotzig, tief in seinem Schoß
dich spüren will und dich lieben,
am Mittwoch, kurz nach sieben.

Das gefiel ihm. Auch die vielen verschiedenen Stil-
richtungen und Schreibweisen. Er konnte nicht genug lesen. Es ärgerte ihn, wenn er durch Telefonate
aus der Firma oder durch Interessenten unterbro-
chen wurde. Er hatte das Gefühl, die Zeit würde ihm
davonlaufen, aber die Texte hielten ihn in diesem
Haus regelrecht gefangen.

DIE ZEIT oder SPÄTES GLÜCK

Früher war die Zeit
Endlos weit
Heut vergeht sie wie im Flug
Ist die Zeit auch Lug und Trug?
Etwas, wie so Vieles auf der Welt,
Das später sich als Lüge herausstellt,
und platzen lässt so endlos viele Träume
Wie der Kahlschlag der Wälder und seiner Bäume.
Wo bist du hin, du liebe Zeit,
wo ein Kuss noch Seligkeit
und Ewigkeit und Unvergänglichkeit bedeutet hat.-
Manchmal habe ich das Leben satt!
Manchmal ist es wunderschön.
Komm wir fahren in die Rhön
Und stecken unsre morschen Glieder
In Wanderschuhe und entdecken wieder
Zu zweit, die Zeit
und
Zweisamkeit, Bescheidenheit, Zufriedenheit.

Frühling

Es regnet und der Wind bläst rau.

Aber Narzissen und Osterglocken stört das nicht.

Primeln und Vergissmeinnicht blühen in bunt und blau.

Die ersten Rhododendronknospen recken sich ins Licht.

Der Salat- und Kräutersamen geht gut auf.

Unkraut sprießt wie immer wild zuhauf.

Frühling ist – wie der Herbst – meine Lieblingszeit.

Täglich lockt Neues. Bin ich bereit?

Bereit wofür? Hatte sie sich auch hier noch einmal neu verliebt? Zuzutrauen war es ihr.

Merk-würdig

Unser Kennenlernen, modern, aber merkwürdig
Unser Herantasten, altmodisch, aber würdig
Was macht das mit mir, mit Ihnen?
Ich kann nicht schlafen, frage mich tausend Fragen
Sie hören mir zu. Bis jetzt ging es meist um mich
Das ist egoistisch. Ich weiß so wenig von Ihnen.
Was wünschen Sie, was hoffen Sie?
Woher dieses Vertrauen und die Vertrautheit?
Eine Stimme, die meine Seele streichelt.
Wir haben noch nie herzhaft miteinander gelacht
Nur diese sanften Töne. Sie machen mich ruhelos
Was ist das? Angst? Verliebtheit? Wunschdenken?

Wachen Sie heute wieder „mit mir auf"
Weil Ihre Radiosendung in Verbindung mit mir steht?
Was frühstücken Sie, wer kocht für Sie, wäscht, bügelt?
Wie sieht Ihr Tag aus?
Noch nie habe ich mir so viele Fragen gestellt
Erklären Sie mir die Bedeutung?
So, wie Sie mir das Wort merk-würdig erklärt haben.

Dazwischen eine kurze Reisebeschreibung. Sie musste älteren Datums sein.

Das Paradies ist nirgendwo

Vor etwa einer Stunde habe ich mich über sie lustig gemacht: die All-Inclusive-Reisenden. Sie haben schon vor Antritt der Kreuzfahrt die Ausflüge gebucht. Ihre Busse stehen schon am Kai bereit, wenn das Schiff anlegt, und sie folgen wie die Lemminge brav ihrem Reiseleiter oder ihrer Reiseleiterin im gelben T-Shirt. Heute gab es für alle blaue Regenumhänge, die die meisten auch sofort überzogen – obwohl es noch nicht regnete – und darin aussahen wie zu groß geratene Schulkinder in schlecht sitzender Uniform. Es machte Spaß, über sie zu lästern.

Der Spaß ist mir jetzt vergangen. Denn was zunächst wie ein Nebelschleier über den Bergen von Victoria auf Mahé, der Inselhauptstadt der Seychellen, aussah, ergießt sich seit einer halben Stunde wie aus Kübeln über der Stadt. Zunächst hat der Boden gedampft. Jetzt sind die Temperaturen schätzungsweise von 32 auf 25 Grad gefallen bei einer Luftfeuchtigkeit von gefühlte 90 Prozent. Dazu peitscht der Wind die vertrockneten Palmblätter von den Bäumen, und wenn dich so ein Wedel trifft, schneidet er wie ein Messer auf der Haut.

Wir waren fröhlich zu Fuß aufgebrochen und wollten wie gewöhnlich mit den einheimischen Beförderungsmitteln die Insel erkunden. Bei der nächsten kleinen Mall haben wir Unterschlupf gesucht, als der Tropenregen begann. Wir nutzten die Gelegenheit, uns in den kleinen Geschäften umzusehen, was sie denn so zu bieten hätten. Es gab nichts Aufregendes, außer meiner Freude über ein Päckchen französischer Likör-Bonbons, die ich das letzte Mal vor 20 Jahren genascht hatte. Wie seltsam, auf der Straße herrscht Linksverkehr (ein Überbleibsel der Engländer), aber die Leute sprechen neben Kreolisch Französisch, auch die meisten Waren sind französischer Herkunft. Wir fanden noch nicht einmal Ansichtskarten. Mit dem Schreiben hätten wir uns schneller die Zeit vertreiben können.

So blieb uns nichts weiter übrig, als zu warten und die Leute zu beobachten, wie sie zur Seite hüpfend versuchten, den immer grösser werdenden Pfützen und den spritzenden Autos auszuweichen. Nach einer halben Stunde glichen die Straßen bräunlich-roten Schlammbächen. Schon auf Mauritius war mir aufgefallen, dass die Erde viel röter ist als bei uns (ähnlich wie in Australien). Es waren nur noch wenige Menschen zu Fuß unterwegs und wenn, dann hatten sie die Hosen hochgekrempelt und hielten die Schuhe in der Hand, wenn sie nicht sowieso Flip-Flops aus Plastik trugen.

Vor mein geistiges Auge schoben sich immer deutlicher die Erinnerungen an die Bilderbuchstrände der Seychellen: weißer, feiner Sand, türkisblaues Meer und sanft geschwungene Palmen. Die Menschen neben mir, die wie wir Schutz vor dem Regen gesucht hatten und mit uns jetzt dicht gedrängt wie die Hühner auf der Stange auf der schmalen Bank saßen, rochen nach süßen Parfüms und altem Schweiß. Sie sahen nicht unglücklich aus und erklärten auch bereitwillig, dass so ein langanhaltender Regen (wir warteten jetzt schon eineinhalb Stunden) ungewöhnlich sei. Morgen schiene bestimmt wieder die Sonne.

Nach einer weiteren Stunde krempelten auch wir die Hosen hoch, nahmen die Schuhe in die Hand und liefen so schnell wir konnten zu unserem schwimmenden Hotelzimmer. Nass bis auf die Haut, freuten wir uns auf eine warme Dusche.

Es regnete die ganze Nacht, und als wir am anderen Tag – es hatte endlich aufgehört – erneut aufbrachen, hatten wir auch jeder einen blauen Regenumhang im Rucksack. In teilweise halsbrecherischer Fahrt, mit unendlichem Vertrauen in ihre uralten Vehikel, chauffierten uns die Busfahrer, die gleichzeitig auch Ticketausgeber und Geld-Einnehmer sind, über die Insel.

Neben bizarren Bergformationen, dem einen oder anderen hübschen, typisch kreolischen Haus und der verschwenderischen Fülle an Blumen, Büschen und Bäumen, die zum Teil ihre überreifen Früchte auf die Straße verteilten, erschienen uns die gesuchten Traumstrände mangels Sonne mitnichten spektakulär. Was mich zu dem Ausspruch verleitete: Das Paradies ist nirgendwo. Es könnte in Offenbach sein, wenn ich in meinem kleinen Garten einen Mango- und Feigenbaum, ein paar Zitrusfrüchte und rosa, rote und lila Bougainvilleas unter freiem Himmel wachsen lassen könnte.

Das musste nach ihrer Weltreise gewesen sein. Zu ihrem sechzigsten Geburtstag hatte sie sich die gewünscht, war aber ziemlich desillusioniert zurückgekehrt. Sie hatte sich damit körperlich übernommen, die langen Flugreisen und immensen Klimaunterschiede unterschätzt.

Und wieder Gedichte, Gedichte. Was war ihr alles durch den Kopf gegangen.

Verlorene Tage

Verlorene Tage. Die Hitze lähmt mich.
Einzig schön: die mit Blütenstaub behangenen Bienen am Hibiskus.
Sie aalen sich im gelben Nektar, zuvor kurzer Stopp am Lavendel.
Wünsche mich ans Meer.

Verlorene Tage. Kann nicht gut schlafen.
Tagsüber nur müde. Aus dem nahen Schwimmbad, juchzende Kinder.
Sie werden erst weinerlich, wenn der Sonnenbrand brennt.
Wünsche mich ans Meer.

Hoffen aufs nächste Jahr. Gerne schon ab Mai.
Waten durch eiskaltes Wasser mit Mütze und Schal. Möven gucken.
Wenn die Touristen kommen, bin ich schon braun, vom Wind.
Bleibe am Meer.
Kein verlorener Tag.

Der Mensch schaut aufs Handy und nicht mehr ins Gesicht.
Der Mensch liest E-Mails und selten noch ein Gedicht.
Der Mensch fliegt zum Mond, ist mobil und sehr schnell.
Der Mensch hat 1000 Freunde, aber leider nur virtuell.
Der Mensch wird ärmer, aber er merkt es nicht.
Er schaut auf sein Handy, liest nicht mein Gedicht ...

Wetter

Alle schimpfen aufs Wetter, mir ist es egal.
Wenn es zu kalt ist, nehm ich 'nen Schal.
Wenn es halt regnet, kommt der Schirm zum Einsatz.
Ich freu mich,
denn bei diesem Wetter hab ich am Strand viel mehr Platz.

Heißt Urlaub automatisch braune Haut?
Denkt nach, was ihr euch damit versaut.
Die Haut wird faltig und altert sehr schnell.
Ich denk, ihr wollt doch lange hübsch sein, gell?

In diesem Sommer muss ich nicht gießen,
Die Gurken wachsen, die Stauden sprießen,
ohne dass ich mich damit abmühen tu.
Ich freu mich,
bei diesem Wetter komm ich zur Ruh.

Tag der Blumenhändler ...

wird der Valentinstag oft genannt.
Viele wissen nicht, wie er entstand.
Der heilige Valentin musste erst sterben,
damit wir „den Tag der Liebenden" erbten.
Aber ist es nicht eigentlich viel zu mickrig und klein
nur an einem Tag im Jahr von Liebe beseelt zu sein?
Ähnlich wie am Muttertag, nur da an sie zu denken,
statt das ganze Jahr über ihr Liebe zu schenken?

Ob große oder kleine Menschen, ganz egal.
Es liegt in unsrer Hand, wir haben die Wahl,
tagein, tagaus uns liebevoll zu verhalten
und unsern Alltag herzlich zu gestalten.

Denk ich an Weihnachten

Denk ich an Weihnachten in der Nacht
Werd ich um meinen Schlaf gebracht.
Denn ich denk an die unendlich vielen Sachen,
Die ich bis Weihnachten noch alle muss machen.

Linda wünscht sich 'ne Puppe, Dennis 'nen Bär,
Alles selbstgenäht natürlich, ganz schön schwer.
Der Herr Gemahl will 'nen schönen dicken Schal
Aus bunter Wolle handgestrickt, nicht zu schmal.

All die Geschenke für Onkel und Tanten
Und auch für die restlichen Verwandten,
Die zum Essen zu Weihnachten von ganz weit her
Einmal im Jahr uneingeladen kommen, bitte sehr.

Mit langer Liste steh ich dann im Aldi Nord,
Der Wagen ist voll, einkaufen reinster Mord
Fehlen noch die Maronen, Äpfel und Nüsse,
Morgen gibt's zum Nachtisch nur Schaumküsse.

Dann geht es ans Backen, zunächst mit großer Lust
Nach den ersten Verbrannten ist es nur noch Frust
Der Plätzchenteig klebt, die Backförmchen sind alt
Im Radio spielen sie: kling Glöckchen im Winterwald.

Von wegen Winter, die Straßen sind alle klitschig-nass
Fahren bei diesem Wetter macht wirklich keinen Spass.
Während ich rühre und knete und Sterne aussteche
Muss ich aufpassen, dass ich nicht in Tränen ausbreche.

Ich wünsch mir nichts sehnlicher, als einfach zu zweit
Am Kamin zu sitzen, urgemütlich, ohne Abendkleid.
Ohne Gans, Rotkohl, Maronen und Kartoffelknödel
Ohne Kindergeschrei und all die verwandten (sorry) Dödel.

Ein Traum wird das, sind die Lütten erst groß
Sind wir all diese Verpflichtungen endlich los.
Dann werd ich nicht mehr um den Schlaf gebracht
Denk ich an Weihnachten in der Nacht.

Jetzt musste er lachen. Das war typisch SIE. Diese Gedichte mussten neueren Datums sein. So ähnlich hatte er sie in der letzten Zeit oft reden hören, wenn sich wieder mal jemand über den verregneten Sommer aufregte.

Sie war glücklich hier gewesen, vielleicht immer noch auf der Suche, aber glücklich. Er hätte ihr noch viele Jahre gegönnt.

Wieder wurde er durch geschäftliche Dinge abgelenkt. Wieso konnte man als Geschäftsführer niemals seine Ruhe haben? Er war doch im Urlaub. Stand dieser nicht ab und zu jedem Menschen zu?

Aber er begriff, dass er selbst schuld daran war mit seinem Kontrollzwang. Wie sollten die Mitarbeiter wissen/fühlen, dass er im Moment seine Ruhe haben wollte?

Plötzlich fühlte er sich alt und verbraucht, musste aber im nächsten Moment herzhaft lachen, als er mit einem Parmaschinkenbrot in der Hand die nächsten Kurzgeschichten las.

Wozu brauchen wir Technik?

Zugegeben, es gibt Gerüchte, die besagen, dass Computer durch meine Gegenwart verwirrt werden und anfangen grundlos zu „spinnen".
Zugegeben, ich bin eher ein Handmade-Mensch als süchtig nach Elektronikgeräten. Aber ich bin lernfähig. Und wenn mir die Technik eine erhebliche Arbeitserleichterung oder verbesserte Kommunikationsmöglichkeit anbietet, bin ich sehr wohl bereit, mich auf den – ach so rasanten – Fortschritt einzulassen. Aber ich frage Sie: Ist meine momentane Situation nötig?

Ich befinde mich um 3 Uhr 30 nachts auf einer neuen Teilstrecke der Bundesautobahn 9 Berlin – Leipzig. Es bläst ein kräftiger Nord-Ost, der aber wahrscheinlich verhindert, dass der Schneeregen noch stärker wird. Ich friere erbärmlich. Meine frische Dauerwelle ähnelt bald filzigen Rastalocken und mein von Wuttränen zerstörtes Makeup würde noch nicht mal mehr einer Clownsmaskerade in einem drittklassigen Wanderzirkus Ehre machen.
Was war geschehen?
Ich war schlicht und ergreifend an der letzten Tankstelle vorbeigefahren, als mich aufgrund des zu reichlichen Kaffeegenusses am Abend ein sehr dringliches Bedürfnis quälte. Ich drehte das Radio

lauter und grölte herzerweichend aus voller Brust „Killing me softly" so gut ich konnte mit, aber das dringliche Bedürfnis wurde immer dringlicher.

Da sah ich schon von Weitem erleichtert das nette blaue P-Schild und 1000 Meter weiter beim Näherkommen ein freundlich beleuchtetes, rundes postmodernes Häuschen, säuberlich getrennt in Männlein und Weiblein.

Ich fuhr rasant vor, Sicherheitsgurt lösen, Gang raus, Motor aus, Handbremse ziehen und Wagentür öffnen geschahen fast zeitgleich.

Der böige Wind schlug mir die Wagentür zurück gegen das Schienbein. Ich fluchte kurz, stieg aus, verschloss per Fernbedienung das Auto und sprang über die Pfützen in Richtung Häuschen.

Drinnen war es nicht viel heller als draußen. Ein Blick zur Deckenleuchte über dem Waschtisch verriet mir, dass unzählige tote Mücken, Fliegen oder was auch immer das Milchglas verdunkelten.

Egal, ich entschied mich, blitzschnell für die linke der beiden Klotüren – vielleicht hatte das unterbewusst ja etwas mit meiner politischen Haltung zu tun –, stopfte im Hineingehen den Autoschlüssel in die rechte Hosentasche und griff gleichzeitig in die linke, um mich zu überzeugen, dass dort – wie gewöhnlich – ein Tempotuch als Ersatz für ein eventuelles Nichtvorhandensein von Hakle zwei- oder dreilagig oder Ähnlichem vorhanden sei.

Ich schloss die Tür und hatte aufgrund der Dringlichkeit bereits eine Hand am Reißverschluss, zog die Hose halb herunter, machte eine Kehrtwendung und wollte mich soeben erleichtert in Richtung Brille niederlassen, da habe ich doch nichtsahnend die automatische Klospülung ausgelöst, was für sich genommen nichts Dramatisches gehabt hätte – wäre nicht in diesem Moment mein Autoschlüssel aus der schrägen Hosentasche in den Schlund der Kloschüssel gefallen und mit einem gurgelnden Geräusch verschwunden.

An dieser Stelle endet mein Gedächtnis. Ich weiß nicht mehr, wie lange ich auf der Klobrille kauernd zubrachte, ich weiß nicht mehr, ob ich überhaupt noch mein Geschäft verrichtete, ich weiß nur, dass ich irgendwann wieder in den halbdunklen Vorraum hinaus trat und mir automatisch die Hände wusch. Immer wieder trat ich auf die kleine Aluminiumplatte im Fußboden, die den Wasserstrahl auslöste und sah zu, wie er nach einer gewissen Zeit von alleine wieder versiegte.

Und jetzt frage ich Sie:
Wozu brauchen wir Technik?

Fast hätte er sich verschluckt, so herzhaft musste er lachen. Und auch die nächste Geschichte war nicht weniger amüsant und ihr ohne Weiteres zuzutrauen.

... und plötzlich!

Ich glaube, man wird alt, wenn man sich beim Kauf eines Gegenstandes plötzlich fragt: *Brauche ich das wirklich noch?*
Wo ist sie hin die Spontanität, mit der ich früher bedenkenlos alles kaufte, was ich auf Anhieb meinte, unbedingt zu benötigen. Zugegeben, viel Nützliches und Nutzloses hat sich mit der Zeit angehäuft. Aber glücklicherweise verfüge ich über keinen Keller oder Dachboden, in dem ich Überflüssiges anhäufen könnte. Gezwungenermaßen muss ich ab und zu ausmisten, sollen mir nicht beim Öffnen der Schränke aufgrund von Überfüllung alle Dinge entgegenfallen.

Das meine ich aber nicht. Es ist klar, dass sich im Haushalt einer Oma - ja, ja, so nannte man früher Frauen um die 60, aber das will heute kaum eine hören - eine gewisse Grundausstattung befindet.
Nein, ich meine, berechtigte Neuanschaffungen.

Unglücklicherweise fiel meine Frage „Brauche ich das wirklich noch?" zusammen mit einer Postwurfsendung. In einem kleinen, bunten Katalog - bei einigen Abbildungen wäre ein Schwarz-Weiß-Foto sicherlich gnädiger gewesen - wurden unter anderem Duschhocker angeboten: ... *wird die Körperpflege zur Strapaze, empfehlen wir* ... oder ... *so viel Komfort sollten Sie sich gönnen. Der Hausschuh mit Klettverschluss.* Und darunter ein mausgraues Filzpantoffelpaar auf grellorangefarbenem Untergrund. Eine Seite weiter: *Hilfe für die dritten Zähne.*
Ich las nicht weiter, denn meine Augen erspähten eine Spalte daneben den Massagestab de Luxe: *Für schöne Stunden der Entspannung, inklusive Auf- und Abbewegung und Vibrationsfunktion,* in Klammern *benötigt drei Batterien, nicht im Preis inbegriffen.*

Mmmmh. Und da kam ich ins Grübeln.

Ich klappte den Katalog zu. Aus den Augenwinkeln las ich noch auf der Rückseite: *Diskreter Versand.* Ich meine, das ist für manch Botox-gespritzte Dame sicherlich wichtig, damit niemand hinter der schönen Fassade den morbiden Körper entdeckt - noch nicht mal der Postbote - oder der erst recht nicht.

Nein, bei meinem Gedanken *Brauche ich das wirklich noch?* hatte ich ein bildschönes Service im Kopf, das ich gestern im Schaufenster eines Ladens gesehen hatte, in dem ich schon viele, schöne, ausgefallene Dinge zum Verschenken oder Selbst-Freude-machen gekauft hatte.

Warum plötzlich diese Zweifel? Warum plötzlich diese mathematischen Berechnungen, dass ich solch ein ausgefallenes Service sicher nur an Feiertagen und für Gäste benutzen würde. Und hochgerechnet würden das aller Wahrscheinlichkeit nach nur noch zirka 50 oder 60 Mal der Fall sein, und danach würde es auf dem Sperrmüll oder mit etwas Glück bei ebay landen und dafür sooo viel Geld ausgeben? Nein, das lohnt sich wirklich nicht mehr. Es sei denn ...

Augenblicklich erfasste mich eine enorme Schaffenskraft. Sorgfältig verpackte ich in der alten Wochenendausgabe der Tageszeitung Stück für Stück meine Teller, Unterteller, Tassen sowie große und kleine Schüsseln und schichtete sie in ein großes Postpaket. Ich hatte schon eine Idee, welche Hilfsorganisation sich darüber freuen würde.

Auf dem Rückweg von meiner kleinen Spenden-aktion, hielt ich vor dem Laden mit dem Traum-service. „Da habbe Sie aber en guude Geschmack bewiese. Solch isch es als Geschenk verpacke?" – „Nein, nicht nötig", sagte ich der Verkäuferin, „das schenke ich mir selbst."

Während Gitte in einer wunderbaren Doku über ihr Leben sang „Ich will alles, ich will alles und zwar sofort ...", saß ich kerzengerade vor meinem Abendbrot, das auf dem wunderschönen Teller lag. Das ist wie mit einem festlichen Kleid, dach-te ich. Da hält man sich auch automatisch gera-de und lümmelt nicht rum.

Etwas später wählte ich die 24-Stunden-Hot-line des Katalogs und gab meine Bestellung auf. „Möchten Sie auch gleich die dazugehörigen Bat-terien?" – „Ja, gerne, am besten gleich die Vor-ratspackung."

Die Interessenten

Der Makler sagte sich mit den ersten Interessenten an. Er war gerade mit Staubsaugen fertig, als es klingelte. Eine stark parfümierte Dame mit dicklichem Herrn im Schlepptau rauschte herein. „Ja schau doch nur, Manfredlein, welch herrliche Aussicht!" Manfredlein nickte nur. Er hatte wohl Geld, dem teuren Maßanzug nach zu urteilen, aber nix zu sagen. Madame war überwältigt. „Da haben Sie aber wirklich nicht zu viel versprochen", meinte sie an den Makler gewandt.

Nach einer halben Stunde war der Spuk vorbei. „Ich rufe Sie an", hörte er den Makler sagen, aber ihm war jetzt schon klar, dass er das Haus bestimmt nicht an diese Leute verkaufen wollte. Es war ihr Haus, es atmete ihren Stil und ihre Lebensart. Es hatte etwas Besseres verdient.

Er nahm sich eine Decke und eines der vielen schönen Kissen und lümmelte sich in den Strandkorb, der auf der Terrasse stand. Eine Art Urlaubsgefühl überkam ihn, obwohl er doch immer die Karibik oder den Indischen Ozean zum Relaxen bereiste. Er atmete bewusst die würzige Luft ein und ließ für eine geraume Zeit das Telefon klingeln, ohne den Hörer abzunehmen.
Er erinnerte sich plötzlich, dass er sie einmal bei einem ihrer ersten Besuche an der Nordsee gefragt

hatte: „Was machst du gerade?" Und sie hatte geant-
wortet: „Nichts, ich sitze am Deich und schaue aufs
Wasser." – „Und was noch", hatte er weiter gefragt.
„Nichts, ich bin glücklich."

Damals hatte er sie nicht verstanden. Er kannte sie
doch nur als eine Person, die immer etwas tun musste, die kaum still sitzen konnte, die immer irgendetwas arbeitete.
Er genoss die Ruhe und den Blick in den Garten und
auf die Wiesen und Weiden und verstand sie.
Nach einer Weile ging er ins Haus, kochte sich einen
Tee und schnappte sich wieder den Ordner.

Es war einmal in Offenbach

eine gemeine Clematis, zu deutsch Waldrebe, in bescheidenem Weiß. Die blühte einen Sommer lang etwas spärlich in der schattigen, weil überdachten Ecke eines drittklassigen Balkons in einem Hinterhof in der Ludwigstrasse.

Ihre üppige, violette Schwester an der offenen Wand gegenüber, die die komplette Nachmittagssonne abbekam, würdigte sie keines Blickes. Ihr zu Füssen wucherte Efeu, das mochte sie besonders, und gleich nebendran rankten Gurken und zu allem Überfluss stieg ihr immerzu der würzige Duft von Schnittlauch, Petersilie und Melisse in die zarte Nase.

Die Hausherrin liebte die prächtige Violette, weil sie ihr den Blick auf das hässliche Haus gegenüber verschönte. Sie spannte Drähte, damit sie ihre Ranken möglichst weit über das Geländer ausbreiten konnte.

Die kleine Weiße in ihrer Ecke vor der weißen Hauswand, links eingerahmt von einer Verbene und rechts von einem täglich aufs neue rote Blüten produzierenden Hibiskus, fiel nicht sonderlich auf.

Der Sommer ging, der Herbst kam früh und schnell, und als eisige Fröste im Radio angekündigt wurden, bat die

Hausherrin ihren Mann, die Verbene und den Hibiskus ins Treppenhaus zu tragen und dort ans Fenster zu stellen, damit sie nicht erfrören.

Zunächst fiel der Hausherrin gar nicht auf, dass die kleine weiße Clematis auch versehentlich zwischen Verbene und Hibiskus im Treppenhaus gelandet war. Erst Wochen später fragte sie ihren Mann, warum er denn das vertrocknete braune Etwas dort hingestellt habe, und er sagte, dann wäre die Ecke auf dem Balkon frei und man könnte besser das Laub wegfegen.

Wiederum Wochen später entfuhr der Frau des Hauses ein kleiner spitzer Schrei, denn sie entdeckte zarte grüne Blättchen in der Verbene, die nicht zur Verbene gehörten; und siehe da, aus dem vertrockneten braunen Etwas, das wirklich nichts mehr mit einem intakten Stiel zu tun hatte, wuchs in etwa 50 Zentimeter Höhe ein grünes Stengelchen. Dieses benutzte die trockenen Ästchen der Verbene als Halt und rankte seine frischen Blättchen um die im Winterschlaf ruhende Pflanze.

Dies, für sich genommen, war ja schon entzückend, und die Hausherrin inspizierte jetzt täglich ängstlich die Verbene, genau darauf achtend, dass diese nicht von den reichlichen frischen Trieben der Clematis erstickt würde. Aber sie hielt sich wacker und schien keine Not zu leiden.

Am Hochzeitstag der Hausherrin geschah „das Wunder", wie sie es nannte. An diesem nasskalten Februartag erstrahlten zwei handtellergroße weiße Blüten am Fenster vor dem grauen Himmel. Unter sich die trockenen Zweige der Verbene, neben sich der traurig dreinblickende, verblühte Hibiskus, strahlte die Clematis wie eine Königin.

Zärtlich berührte die Hausherrin die Blüten, als wollte sie sich von deren Echtheit überzeugen. Sie dachte zurück an den Tag ihrer Hochzeit, und ihr Blick verschleierte sich.

„Liebling", rief sie, diesmal gar nicht spitz und eilte zu ihrem Mann ins Schlafgemach, um ihm von dem Wunder zu berichten.

Er musste eine kleine Träne verdrücken. Auch an diese Begebenheit erinnerte er sich. Sie hatte ihm das damals erzählt, aber da war er ein junger Mann mit ganz anderen Dingen im Kopf, als sich mit der Balkonbepflanzung seiner Mutter zu beschäftigen. Jetzt, und so aufbereitet, erschien sie ihm in einem ganz anderen Licht.

1966

Pünktlich zu meinem Geburtstag gab es damals wie auch in diesem Jahr endlich Sonnenschein. Im April '66 war es auch lausig kalt mit Regen, Frost und Schnee. Ich weiß noch genau, dass ich an diesem Tag meine Courrèges-Stiefel trug, weiße Strumpfhosen und das dunkelblaue Kleid mit den weißen Paspeln.

Es geschah in einer Filiale der Deutschen Bank in Bockenheim. Es war ein Privileg, in den Filialen arbeiten zu dürfen, und ich war erst im zweiten Monat als Lehrling dabei. Die Filiale erhielt Schreibtische und Regale aus Metall, der letzte Schrei. Kein langweiliges braunes Holz mehr, sondern anthrazit-pulverbeschichtetes Metall. Leider auf den Rück- und Unterseiten nicht gut verarbeitet.

Beim Einstecken der Rechen- oder Schreibmaschine passierte es. Ich knallte mit dem rechten Knie unter die Tischplatte, und die war messerscharf. Meine schöne weiße Strumpfhose hatte im Nu hässliche rote Streifen und die Herren Kollegen wurden ganz weiß um die Nase.

Wenig später traf mit Tatü Tata ein Rettungswagen ein, der mich durch die gesamte Stadt und dort ins Vertragskrankenhaus fuhr. Irgendwie fand ich das lustig. Der diensthabende Arzt war auch eine Frohnatur und fragte mich:

„Na, junges Fräulein, wie hätten Sie es gern? Kreuz- oder Steppstich?"

„Steppstich", sagte ich, „der hält besser."

Ich war krankgeschrieben, lag im Bett und schwor mir: „In diese Bank gehst du nie mehr, komme da, was wolle." Im Radio lief Udo Jürgens: „17 Jahr, blondes Haar". Ich war gerade mal 16, aber ich kannte alle Strophen auswendig. Und nicht nur die. Von allen Schlagern, die damals in waren, in allen Sprachen. Den Inhalt verstand ich oft nicht, aber Auswendiglernen war für mich ein Klacks.

Als ich endlich einmal alleine in der Wohnung war, schnappte ich mir das Telefonbuch und nahm all meinen Mut zusammen. Eine sehr resolute, sehr klare Stimme meldete sich: Alice George!

Einige Tage später hatte ich ein Vorsprechen bei ihr und nach kurzer Zeit meldete sie mich zur Aufnahmeprüfung vor der paritätischen Prüfungskommission an.

Die hatte ich nach gefühlten fünf Minuten zu Tränen gerührt.

Fünf ältere Herren – ehrlich gesagt, kamen sie mir sehr alt vor – drückten mir ein Formular in die Hand mit der Aufforderung: Hier muss nur noch Ihr Herr Vater unterschreiben, da Sie noch nicht volljährig sind!

Wie sollte ich das anstellen?

Das musste die Wahrheit gewesen sein. Sie hatte früher häufig davon gesprochen und auch, wie hart es für sie gewesen war, vormittags im Büro zu arbeiten, nachmittags auf die Schauspielschule zu gehen und nachts Dissertationen abzutippen bei Popcorn und Cola, um sich über Wasser zu halten.

Er vermochte sich ein solches Leben nicht vorzustellen. In einem winzigen, schrägen Zimmer mit Bad auf dem Gang, das man mit mehreren anderen Bewohnern teilen musste, und ohne Schutz. Kein Wunder, oder besser gesagt, welches Glück, dass ihre ersten Liebhaber wesentlich ältere Männer waren, die ihr bei vielen Entscheidungen halfen und in denen sie einen gewissen Vaterersatz fand.

Ihm wurde immer deutlicher bewusst, dass sie mittels des Schreibens ihr Leben in gewisser Weise noch einmal aufarbeiten wollte. Sie benutzte es wohl wie eine wohltuende Reinigung, oder vielleicht war es auch eine Art Medizin für sie.

Es klingelte. „Hoffentlich nicht schon wieder so eine bescheuerte Interessentin", dachte er. Aber weit gefehlt. Vor der Tür stand eine bezaubernde junge Frau.

Annika

„Entschuldigen Sie bitte, dass ich einfach so dreist bin und bei Ihnen läute. Mein Name ist Annika Petersen ..."

„Patrick Wegner", unterbrach er sie und gab ihr die Hand.

„Ich habe Ihrer Mutter viel zu verdanken. Wir waren sehr gut befreundet, und ich möchte Ihnen nur mein ehrliches Mitgefühl und Beileid aussprechen. Ich kann es immer noch nicht fassen, dass sie nicht mehr ist, und mache mir größte Vorwürfe, dass ich vielleicht unachtsam war, es hätte merken müssen, sie rechtzeitig zum Arzt schicken müssen. Aber sie schien immer so glücklich und gesund, mir kam gar nicht in den Sinn, dass sie krank sein könnte, ich ..."

Er unterbrach ihren Redeschwall, der inzwischen von dicken Tränen begleitet wurde.

„Kommen Sie doch bitte herein und setzen Sie sich. Darf ich Ihnen eine Tasse Tee anbieten?"

Sie nickte und nachdem sie sich etwas beruhigt hatte, fing sie an zu erzählen.

Sie hatte sich in einer schweren Lebenskrise befunden und sich schon aufgegeben, als sie bei einem Deichspaziergang seine Mutter traf, die ihr sofort ansah, wie schlecht es ihr ging. Sie erzählte ihr von ihrem Leid, weinte sich in ihren Armen aus und fand Trost und Hilfe. Sie war wie eine Mutter für sie.

Der Schock war groß, als sie von ihrem plötzlichen Tod erfuhr und noch mehr, als man ihr zutrug, dass das Haus verkauft werden sollte.

„Das dürfen Sie nicht tun!" Fast flehte sie ihn an. „Ihre Mutter liebte dieses Haus. Sie war so glücklich hier. Sie hatte noch so viel vor. Wir saßen hier sehr oft am Nachmittag mit ein paar Frauen zusammen, tranken Tee und lauschten ihren Geschichten. – Wussten Sie, dass Ihre Mutter wunderbar schreiben konnte?"

„Leider habe ich erst beim Aufräumen davon erfahren. Ich habe diesen Ordner entdeckt", damit nahm er ihn vom Tisch und zeigte ihn ihr, „und lese seit ein paar Tagen die Texte."

Es wurde ein langer Nachmittag oder besser gesagt Abend.
Annika erzählte ihm, dass sie erst vor zwei Jahren nach Büsum gekommen war und inzwischen die Leiterin des Tourismusbüros sei. Damals wollte sie unbedingt aus Westerland fort, denn dort hatte ihr ein Mann das Herz gebrochen, und sie wollte/brauchte räumlichen Abstand.
Im Moment machte sie eine Ausbildung als Wattführerin und in Oesterdeichstrich nehme sie Flugstunden. In Hamburg geboren, hatte sie die Nordsee und besonders das Wattenmeer schon sehr früh in ihren Bann gezogen und nie mehr losgelassen.

Er sagte ihr, dass er ausgebildeter Pilot für einmotorige Flugzeuge sei, und ob sie Lust habe, mit ihm zu fliegen.

Sie griff sofort nach ihrem Handy.

„Tom, Annika hier. Hättest du morgen noch eine Maschine frei? Ich würde gern mit einem Pilot aus Frankfurt eine Runde drehen."

„Ist Ihnen morgen 11 Uhr recht? Das Wetter soll sehr gut werden."

Er nickte freudestrahlend.

Er schlief sehr unruhig, träumte von Annika.

Um sechs war an Schlaf nicht mehr zu denken. Er duschte lange und kochte sich einen starken Kaffee. Im Moment machten sich noch einige Nebelschleier breit, aber er konnte schon die Sonne ahnen.

Mit der Tasse in der Hand wanderte er durch den Garten. Die Rhododendren blühten verschwenderisch in Weiß und einige Bodendecker in Gelb und Blau. Wie sie hießen, wusste er nicht.

Jetzt entdeckte er auch ihre Hochbeete. Wie oft hatte sie ihm Fotos geschickt mit ihrer reichen Ernte an Kräutern, Salat, Gurken und Zucchini. Den ganzen Sommer ernährte sie sich fast ausschließlich vegetarisch.

Er schnappte sich den Ordner und las weiter.

Angst vor zu viel Nähe (Fragment)

Komisch, dass einem viele Dinge erst im hohen Alter bewusst und klarer werden. Ich hätte mir viele Erkenntnisse wesentlich früher gewünscht.

Also zum Beispiel: klügere Eltern oder nein, das ist nicht richtig; Eltern, die sich intensiv mit mir beschäftigt, mir viel erklärt hätten, denen ich hätte Fragen stellen dürfen. Aber das traute ich mich nicht.

Ich wurde noch groß in einem Umfeld, in dem Kinder still und ruhig zu sein hatten, sonst gab es was hinter die Ohren. Wahrscheinlich ist es gemein, heute so über meine Eltern zu urteilen. Sie wussten es bestimmt nicht besser. Sie waren selbst so erzogen worden. Und dann die schlimmen Weltkriege. Meine haben beide erlebt. Einmal als ganz kleine Kinder und einmal, gerade frisch verheiratet.

Mein Vater musste an die Front, meine Mutter war mit Zwillingen allein zu Hause, wurde ausgebombt, musste mit den Kindern aufs Land zu Verwandten meines Vaters flüchten. Ich denke, das kann man sich heute gar nicht vorstellen, all das Leid, den Hunger, die Angst.

Mein Vater kam erst 49 schwer verwundet aus der Gefangenschaft. Ich war bestimmt nicht geplant, und meine Brüder ließen ihren Zorn an mir aus. Plötzlich hatte ihre Mutter nur noch Sorge um das Baby. Mein Leben lang wurde ich von ihr nur „Kind" genannt. Nie bei meinem Vornamen.

Ich entwickelte mit fünf Jahren, nach einer Lungenent-zündung, ein schweres Bronchialasthma, das mich jah-relang ans Bett fesselte. Damals dachte man, mit Bettru-he und etwas Wick VapoRup auf der Brust sei es getan. Ich hasste diese Salbe. Das Zimmer roch immer danach.

Wieder nur so ein Bruchstück. „Lieber Gott, warum hast du sie so früh sterben lassen? Ich hätte gern noch mehr erfahren."
Auf der nächsten Seite das Gedicht „Frühling". Er er-innerte sich, es schon einmal gelesen zu haben. Aber jetzt las er es nochmals, es passte so gut zum heuti-gen Tag.

Frühling

Es regnet und der Wind bläst rau.

Aber Narzissen und Osterglocken stört das nicht.

Primeln und Vergissmeinnicht blühen in Bunt und Blau.

Die ersten Rhododendronknospen recken sich ins Licht.

Der Salat- und Kräutersamen geht gut auf.

Unkraut sprießt wie immer wild zuhauf.

Frühling ist wie der Herbst meine Lieblingszeit.

Täglich lockt Neues. Bin ich bereit?

Die nächste Seite, leider wieder nur ein Fragment:

Die Narbe (Fragment)

… nein, nicht da, wo du denkst. Sie ist am Bauch. Ja. Also, das war so:

Mit neun Jahren habe ich in einer Reinigung gebügelt. Lach nicht, früher konntest du deine Hemden in die Reinigung bringen, dort wurden sie gewaschen, aufgehangen und dann von Hand gebügelt.

Ich weiß nicht, wie das heute ist, aber ich habe damals in einem kleinen Hinterzimmer der Reinigung gebügelt. Ich glaube, es gab 30 Pfennig pro Hemd. Ja, und da habe ich eines Tages nicht aufgepasst, mich umgedreht und aus Versehen meinen Bauch gebügelt. Das geschah in einem heißen Sommer. Ich hatte nur ein knappes Oberteil an, bauchfrei, und schon war es passiert. Es tat höllisch weh! Ich lief zu meiner Mutter. Die sagte erst einmal: „O Gott, o Gott!" Mehrmals hintereinander. Das sagte sie immer, wenn irgendetwas passiert war.

Dann holte sie eine Flasche Öl aus der Küche. Ich weiß nicht mehr, was für eine Sorte. Wahrscheinlich Rapsöl oder etwas Billigeres. Ich legte mich hin, und sie träufelte das Öl über die Wunde. Dann holte sie aus der Küche Mehl. Das streute sie darüber. Keine Ahnung, von wem sie dieses obskure Rezept hatte. Jedenfalls spürte ich keinerlei Linderung, im Gegenteil. Am nächsten Tag hatte sich die Stelle entzündet.

Wir gingen zum Arzt und der schimpfte meine Mutter gründlich aus. Ich glaube, er verabreichte mir eine örtliche Betäubung, denn wie er den Schlamassel herunterbekam und was er dann machte, daran erinnere ich mich nicht mehr.

Es hat jedenfalls Wochen gedauert, bis die Wunde zugeheilt war. Übrig blieb diese dunkle, hässliche Narbe, die mit den Jahren immer mitwuchs. Das ist jetzt mein Erkennungszeichen.

Jan streichelte zärtlich darüber. Mir waren seine schönen Hände als erstes aufgefallen. Ich fragte mich, ob mein Sohn auch in der Lage war, seine Freundin so liebevoll zu verwöhnen.

Verdammt, warum ging es nicht weiter? Schade! Er brauchte dringend noch eine Tasse Kaffee und etwas Süßes. Er fand in einer Schublade eine Dose Dänische Kekse. Wie lange hatte er die nicht mehr gegessen?

Mit den Keksen und dem Kaffeepott setzte er sich wieder an den Tisch und las weiter.

Kind

Manches Kind hat das Glück,
in eine Familie geboren zu sein,
die es immer wieder ein Stück
auffängt, beschützt, ob groß oder klein.

Andere haben dies nie kennengelernt und dann
mussten sie alles selbst erarbeiten, was schwer ist.
Und manchmal auch richtig gefährlich sein kann,
wenn man den Falschen trifft und du Freiwild bist.

In den Wellen des Lebenswegs.
fehlt oft das Geländer eines Stegs.
Danke, dass ich dich finden konnte, du bist die reinste Wonne
für mein geschundenes Herz, ein wahrer Platz an der Sonne!

Wen meinte sie damit?
Jetzt las er:

Und plötzlich (2)

Und plötzlich konnte sie weinen. All die Tränen, die sie hinter der coolen Fassade versteckt hatte, überschwemmten ihr Gesicht, rannen am Hals hinunter und durchweichten die Bluse über ihrem üppigen Busen. Sie drehte das Radio lauter und schrie ihren Kummer heraus. Endlich. Noch vor einer Woche hatte sie behauptet nicht hassen zu können. Jetzt spürte sie, wie der Hass den festgezurrten Knoten ihrer Gutmütigkeit löste und die bösen Sprachfetzen mit ungeahnter Wucht aus ihrer Kehle drangen. Endlich empfand sie wieder Kraft. Sie schleuderte einige Sofakissen durch die Gegend und wunderte sich, dass nichts zerbrach.
Sie hatte sich gehäutet. Aus der Ja-sagenden und Nein-denkenden Puppe war ein schillernder Schmetterling geworden, der frei durchs Zimmer flog. Frei. Und endlich spürte sie sich: pur, realistisch, gut.

Welch ein langer Weg! Und sie spürte, dass sie noch viele Hürden würde nehmen müssen. Aber es war ein Anfang gemacht. Sie hatte sich nicht wie sonst in einen Asthmaanfall geflüchtet, sondern den angesammelten Unrat heruntergeschluckter Demütigungen ausgespuckt.

Sie ging nicht mehr vornübergebeugt sondern kerzengerade. Sie sang. Nach Jahren das erste Mal. Nicht schön aber laut.

Die Sängerin Björk hatte einmal gesagt: „Jeder, der singt, ist ein Künstler, ist gut." Vielleicht war das ein wenig überspitzt, aber sie hatte wohl den Rhythmus gemeint, der jedem Gesang innewohnt und der gut ist. Der Verspannungen lösen kann oder Kraft gibt.

Als sie ihn wiedersah konnte sie ein gewisses Mitleid nicht unterdrücken, aber es glich dem einer räudigen Katze, die einem Leid tut, die man aber nicht in seiner Wohnung haben will.

Warum bringen wir unseren Töchtern kein Selbstbewusstsein bei und guten Geschmack bei der Wahl ihrer Lover, und warum erziehen wir Söhne häufig noch zu Machos? Oder hat sich da etwas geändert, und ich habe es nicht gemerkt?
Es ist so müßig, sich als alte Frau zu erziehen!
Beim nächsten Mann wird alles besser? Nach dem Motto: Ambulant ja, stationär nein.
Wenn es so einfach wär ...

Er bedauerte ein weiteres Mal, dass kein Datum bei den Geschichten stand. An das ein oder andere erinnerte er sich deutlich, aber das meiste blieb ihm verwehrt, konnte er nicht einordnen, wusste er nicht, wer gemeint, wem es gewidmet war. Oder war doch manches erfunden?

Er dachte an Annika und schaute auf seine Uhr. Noch hatte er etwas Zeit bis zu ihrer Verabredung.

Die wirklich interessanten Frauen leben allein ...

... eine gewagte Behauptung, aber zutreffend. Leider weiß ich nicht, ob das bei Männern genauso ist. Ich denke, eher nein. Auch auf die Gefahr hin, dass mich jetzt alle Männer hassen: Sie sind bequemer als Frauen, in jeder Hinsicht, konfliktscheuer.

Sie (Mitte 60) hatte wirklich ALLES ausprobiert, nichts ausgelassen, war nach allen Seiten hin offen. Für jede Begegnung, für jedes Lebenskonzept und dann dieser Entschluss:

Nachdem sie in der letzten Nacht endlich, nach all den Jahren, gemeinsam, innig, eng umschlungen eingeschlafen waren, wusste sie trotzdem, dass es keinen Bestand haben würde. Sie kannten sich inzwischen zu gut, sie verletzten sich nicht mehr verbal wie früher, sie versuchten, ehrlich zu sein, aber es gelang ihnen nicht, deshalb ging sie (wieder einmal) fort.

Wie oft hatte sie das schon getan, wie oft, die Luft in tiefen Zügen eingeatmet und sich ganz frei gefühlt. Die Tränen rannen ihr übers Gesicht, aber sie lief zum Auto, drehte die Musik voll auf und fuhr davon.
Sie wusste, dass es schwer werden würde, dass die Leichtigkeit, die Euphorie bald der Sehnsucht weichen würde.

Warum das alles, immer und immer wieder, warum sich nicht abfinden mit den Gegebenheiten, den Gesetzmäßigkeiten der Natur, warum bis zum Ende immer nur auf der Suche?

Wonach? Nach Ehrlichkeit? Ehrlichkeit zwischen Liebenden sollte normal sein, aber sie ist es nicht. Meistens liebt einer und der andere lässt sich lieben – vielleicht aus Bequemlichkeit oder Berechnung. Was noch weitaus schlimmer ist (aber leider unter Frauen sehr verbreitet). Versorgt sein, Statussymbole, nicht denken müssen (wollen), in einem schönen Raster Gleiche unter Gleichen sein, dafür Lügen hinnehmen.
Man kann versuchen, sich die Schmetterlinge im Bauch so lange wie möglich zu erhalten, aber dafür braucht es Abwechslung.

„Keiner liebt dich, wieso Ich?
Alle finden Dich toll, aber keiner möchte mit Dir leben.
Du bist zum Liebeszweisamkeitsgefühl unfähig.
Dein Denken ist immer nur ein Ich, kein Wir.
Du bist fantastisch in Kleinigkeiten, beeindruckst durch Aufmerksamkeiten,
aber spätestens jedem dritten Satz folgt eine Abfälligkeit, wird jede Romantik jäh zerstört.

Das Schlimme ist, Du kannst noch nicht mal was dafür, Du wurdest ohne Liebe erzogen,
wie solltest Du sie lernen? Im Leben? Dein Beruf war Dir nicht hilfreich dabei.
Immer nur Streben, der Erste sein wollen. Karriere ist immer auch Verdrängung.
Auswahlverfahren (wie bei den Tieren). Legitim, aber nicht schön."

Die wirklich interessanten Frauen leben allein! Das war ihr jetzt klar. Und sie würde stark sein, endlich!

O Mann, starker Tobak!!! Er fühlte sich irgendwie „ertappt". In gewisser Hinsicht war er doch genauso. Hatte er vor lauter Karriere echte Liebe nicht erkannt, oder schlimmer noch, vielleicht die Richtige verletzt? Aber er war doch liebevoll aufgewachsen, hatte, wie er es nannte, ein gewisses Urvertrauen, das ihr immer gefehlt hatte.

Er wurde sehr nachdenklich und vergaß völlig die Zeit. Als Annika klingelte, war er gedanklich noch immer nicht im Jetzt.

Es wurden zwei wundervolle Stunden. Annika war in ihrem Element. Sie erklärte ihm alles, hielt ihm einen

Vortrag über das Wattenmeer, wie es kein Professor an der Uni hätte besser machen können.

Von oben konnte man sich gut vorstellen, dass Büsum mal eine Insel war. Sie hatte wirklich die Form eines Busens, der sich an das Festland schmiegt.
Sie flogen südlich bis Friedrichskoog und kreisten kurz über dem Nord-Ostsee-Kanal. Keine großen Pötte in Sicht, dabei hieß es doch, er sei der meist befahrene Kanal der Welt.
Dann machten sie einen Abstecher nach Helgoland. Er wollte unbedingt die „Lange Anna" sehen.
Weiter ging es nach Nordosten. Schon von weitem erkannte man die langen breiten Sandstrände von Sylt und südlich davon den noch breiteren Kniepsand von Amrum.

Dazwischen versteckte sich fast kreisrund Föhr. Dann folgten die Halligen Langeneß, Gröde und Hooge (die kleineren konnte er sich nicht merken). Zu jeder wusste Annika eine Geschichte, aber da konnte er schon Pellworm sehen, und vorbei an Nordstrand leuchtete in der Ferne der berühmte Leuchtturm Westerheversand. „Darin möchte ich unbedingt heiraten, wenn ich jemals heirate", warf Annika ein.
Jetzt überflogen sie den breiten Mündungsarm der Eider und steuerten wieder Oesterdeichstrich an.

Welch ein Morgen! Endlich mal wieder geflogen bei herrlichstem Wetter. Ehrlich gesagt hatten ihm die unendlichen Grüngrautöne des Wassers am besten gefallen. Die unterschiedlichen Tiefen waren klar auszumachen. Bestimmt hätte das „ihr" auch gefallen. Für einen Moment überkam ihn Wehmut und wieder dachte er: „Hätte ich doch nur." Aber jetzt war es zu spät.

Sie gönnten sich im kleinen Flughafenbistro jeder ein Krabben-Brötchen, bevor Annika zur Arbeit musste. Als Dankeschön lud sie ihn am Abend in ein Restaurant ein.

Er fuhr ins Haus, erledigte einige Telefonate und wimmelte diverse Interessenten ab. Er hatte es nicht mehr eilig mit dem Verkauf. Er widmete sich lieber seiner Lektüre.

Apfelpfannkuchen

Mmmmh, dieser Duft, der die Küche erfüllt. Genüsslich lasse ich den Teig vom Löffel hinab in das heiße Öl gleiten und schaue gespannt, welche Form sich diesmal bildet. Aus irgendeiner Gewohnheit heraus setze ich grundsätzlich drei Klekse Teig, jeweils circa einen halben Suppenlöffel voll, in die Pfanne, da ich mir selbst in meinem hohen Alter und nach all den Jahren der Übung nicht zutrauen würde, die Pfanne komplett auszufüllen und dann auch komplett zu wenden. Als praktischer Mensch, der keine Lust hat, anschließend die Küche zu putzen, habe ich bis heute nicht diese berühmte „In die Luft werfen und in der Hoffnung auf der anderen Seite unbeschadet zu landen"-Version versucht.

Aber zurück zur Form. Ich freue mich jedes Mal wie ein Kind, wenn ich drei etwa gleich große Pfannkuchen hinkriege, die immer irgendwie die Form von Island annehmen. Beobachten Sie mal in Ruhe, wie sich nach dem Einfüllen des Teiges und langsamen Braunwerden die Ränder wunderschön kräuseln und fjordartige Einschnitte annehmen. Der Grad der Kräuselung hängt von der Zusammensetzung des Teiges ab.
Je mehr Sahne oder Buttermilch Sie verwenden, desto stärker die Kräuselung und desto knuspriger. Leider kann ich Ihnen das Rezept nicht verraten, denn ich koche und backe niemals nach Rezept. Das heißt, es schmeckt bei mir auch niemals gleich.

In erster Linie hängt das von der Bestückung des Kühlschranks oder der Vorratskammer ab, denn ich bekomme grundsätzlich auf irgendetwas Lust, wenn ich nicht vorher einkaufen kann. Und wenn ich mir vornehme, heute dies oder das einzukaufen, um morgen dieses oder jenes zu kochen oder zu backen, kann ich sicher sein, die eine oder andere Zutat gar nicht oder nicht frisch genug zu bekommen. Ergo richten sich meine Kochkünste nach der kreativen Zusammensetzung der zufällig vorhandenen Lebensmittel, und dabei können unter Umständen wunderbare Kreationen entstehen – oder manchmal auch weniger genießbare. (Gottlob findet sich in der Familie immer ein Hungriger, der auch die weniger gelungenen Dinge verputzt.)

Aber zurück zu den Pfannkuchen. Sie bestehen bei mir aus Eiern, Zucker und Milch oder Buttermilch, Sahne, Mehl und/oder Mondamin, einer Prise Salz, gehackten Mandeln oder Wal- oder Haselnüssen und viel klein geschnittenem Obst, je nach Jahreszeit beträufelt mit Zitrone oder Rum oder einem Schnaps (der verflüchtigt sich rasch in der Pfanne, keine Angst) und eventuell Rosinen.
Und los geht's. Aber Vorsicht mit der Hitze. Das viele Obst backt schwer und man braucht wirklich Geduld. Dafür schmecken sie köstlich. Wenn man mag, mit Puderzucker bestreut oder mit einer Kugel Vanilleeis genießen.

Riechen Sie schon, wie köstlich es duftet? Bon Appetit!

Er erinnerte sich nur zu gerne an den Duft und an den köstlichen Geschmack. Auch seine Schulfreunde liebten diese Pfannkuchen, und manchmal musste sie stundenlang am Herd stehen und backen, backen, backen. Sie brannten leicht an. Man durfte sie nicht aus den Augen lassen.
Er erinnerte sich auch, dass sie damit sogar einmal einen Mann bezirzt hatte.

Vor etwa 40 Jahren war sie mit ihm in den Hintertaunus gefahren, weil sie von einem privaten Automuseum gehört hatte. Er war erst acht oder neun Jahre alt und total begeistert. Er kannte alle Autos von einem Kartenspiel und jetzt sah er sie in Natur. Der Mann, dem sie gehörten, musste steinreich sein. Da sie lange über die Öffnungszeit hinaus im Museum geblieben waren, hatten sie nicht bemerkt, wie der Inhaber mit seinen zwei Söhnen, beide in seinem Alter, gekommen war, um abzuschließen. Er war aber so begeistert, was er schon alles über die Autos wusste (viel mehr als seine Söhne), dass er sie spontan zu sich nach Hause einlud.

Es war kurz vor Weihnachten. Im Haus stand ein riesiger Weihnachtsbaum, überhaupt empfand er es als riesig und wahnsinnig aufregend. Am meisten gefiel ihm die Eisenbahnanlage, mit der er zusammen mit den beiden Jungs spielen durfte.

Der Vater bekam Hunger und wollte essen gehen, aber die Kinder wollten lieber weiter spielen. Auf die Sachen im Kühlschrank hatte niemand Appetit. Da zauberte sie kurzerhand aus gehackten Walnüssen, klein geschnittenen Äpfeln, Milch, Eiern usw. ihre berühmten Apfelküchlein. Die Kinder waren begeistert und der Herr des Hauses schmolz dahin.

Sie blieben nicht nur einmal über Nacht. Schade, er wusste nicht, woran auch diese Liebelei zerbrach, er hatte sie auch nie gefragt.
Nachdenklich blätterte er weiter.

Gefährliches Internet

Genüsslich lehnte sie sich zurück und inhalierte den Rauch der Zigarette. Sie liebte dieses Pling!, wenn der Computer signalisierte, dass gerade eine E-Mail verschickt worden war. Sie drückte auf „Drucken" und nach einer kleinen Weile ratterte der Drucker los und spuckte bald darauf die Seite aus. Sie überflog sie und war mit sich zufrieden. Endlich hatte sie mal wieder einen Entschluss in die Tat umgesetzt.

Nachdem sie vom Arzt gekommen war und Klarheit hatte, funktionierte ihr kühler Kopf wieder, auf den sie früher oft so stolz gewesen war. Noch auf dem Heimweg hatte sie sich die Annonce ausgedacht.
Jetzt war sie gespannt, was sich tun würde.

Ihre Beine taten am meisten weh. Sie lag zusammengeschnürt wie ein Paket. Vom Rumpeln des Wagens war sie wohl aufgewacht. Ihr Kopf dröhnte. Sie versuchte, sich zu konzentrieren. Sie hörte dumpfe Stimmen, verstand aber nichts.

Was war geschehen?
Irgendwann hörte das Rumpeln auf, der Wagen hielt und der Kofferraum wurde geöffnet. Sie stellte sich schlafend. Grobe Männerhände hoben, schleiften sie heraus. Eine quietschende Tür wurde geöffnet. Unter den langen Ponyfransen wagte sie einen kurzen Blick. Eine Hütte in einem Wald. Was sollte das? Dann goss man Wasser über sie. Sie zuckte unwillkürlich zusammen. Man

befahl ihr, die Augen offen zu lassen und zu lächeln. Sie verstand ihre Sprache nicht, aber ihre Gesten waren deutlich zu verstehen. Dann machte die Kamera mehrere Male klick, klick.

Ein Gedanke durchzuckte sie: Man würde sie töten. Diese Fotos brauchte man noch, um zu dokumentieren, dass sie noch lebte, aber dann? Die Männer trugen keine Masken. Sie würde sie wiedererkennen können.

Den einen erkannte sie schon jetzt. Er hatte sich das Haus angesehen. Ein sehr kultivierter Mensch, der deutsch gesprochen und ihr Komplimente gemacht hatte. Makler sei er und suche für seine finanzkräftigen Kunden Häuser. Häuser wie ihres. Es sei wie geschaffen. Seine Kunden liebten großzügige Räume, geschmackvoll eingerichtet. Sie hatte innerlich schon frohlockt.

Nachdem andere Besichtigungstermine freudlos geendet hatten, weil entweder Mann oder Frau sich nicht einigen konnten, die Küche zu groß oder zu klein erschien, ebenso der Garten, hatte Dr. Amiri, so stand es auf der Visitenkarte, nichts auszusetzen. Schon bald darauf wurde der Termin beim Anwalt vereinbart – und dann geschah es ...

Sie bemerkte es erst, als sie wie gewohnt in das Schubladenfach griff und Geld herausholen wollte. Es war leer. Sie zog die andere Schublade auf, in der sie Reisepass, American Express und diverse andere Kreditkarten aufbewahrte, nichts mehr.

Dann öffnete sie den Schrank: ein großer Koffer fehlte und mit ihm ihr Nerz, der Familienschmuck, die teure Kamera, Laptop, Handy, der Autoschlüssel vom Zweitwagen und – ein Blick in die Garage bestätigte – auch dieser. Mechanisch wählte sie den Polizeinotruf. Während der Bestandsaufnahme der entwendeten Dinge, kam sie sich vor wie bei einem Verhör. Völlig unangebracht musste sie lachen. Wie oft hatte sie ihren Mann ermahnt, abends die Haustür abzuschließen. Er nannte sie Angsthäschen und prahlte vor Freunden, dass bei ihnen, obwohl er häufig vergesse abzuschließen, noch nie eingebrochen worden sei. Das war, solange er lebte.

Sie schloss gewissenhaft ab, aber der oder die Täter hatten wohl alles gut beobachtet. Die untere Terrassentür war brachial aufgebrochen worden. Wären die Nachbarn zu Hause gewesen, hätten sie etwas hören müssen. Aber sie waren verreist.

„Hatten Sie in letzter Zeit Besuch von Fremden?"
Die Stimme des Polizisten holte sie wieder in die Gegenwart.
„Nein, das heißt doch, wenn ich es recht bedenke. Das Haus steht zum Verkauf im Internet. Es waren einige Interessenten da, und ich habe auch schon einen Käufer."
„Na, da haben sie aber Glück. Unser Haus liegt viel näher an Frankfurt, aber wir bekommen es nicht los. Zu weit draußen, heißt es immer."
Die Stimme des Polizisten klang etwas wehmütig. Sie fühlte sich bemüßigt, ihm Tee anzubieten. Er lehnte höflich ab. „Haben Sie Unterlagen von den Interessenten? Vielleicht hat jemand den Besichtigungstermin genutzt, um sich für seine kriminellen Machenschaften umzuschauen. Geben Sie mir alles, was Sie haben."
Sie ging an ihren Schreibtisch. In einer blauen Mappe hatte sie alles gesammelt. Auch sie war leer.

„Haben Sie noch Namen und Anschriften im Kopf?" – „Nein, nur die von Dr. Amiri, dem Makler."

„Ich rate Ihnen, die nächsten Nächte bei Freunden zu verbringen. Ich melde mich."

Sie stand ratlos da. Dann wählte sie die Nummer ihres Sohnes, der sofort zu ihr fuhr.

„Mach dir doch nicht so viele Gedanken. Jeden Tag wird in hunderttausende Wohnungen eingebrochen. Das meiste ersetzt die Versicherung. Und jetzt, wo du dich endlich dazu durchgerungen hast, das Haus zu verkaufen, fällt dir der Abschied davon vielleicht umso leichter. Das ist Zufall gewesen."

Dabei nahm er sie in seine Arme. Sie roch Reste des Eau de Toilette, das sie ihm wie immer von der letzten Reise mitgebracht hatte und die Marlboros, die sich in seiner Kleidung und seiner Haut seit Jahren festgesetzt hatten. Wie viele Jahre hatte sie auf ihn eingeredet, doch bitte das Rauchen sein zu lassen. Und jetzt hatte sie selbst nach 30 Jahren wieder damit angefangen. Aber sie hatte dafür zwei Entschuldigungen: der plötzliche Tod ihres geliebten Mannes und die Diagnose Lymphdrüsenkrebs. Als ob ein Unglück allein nicht gereicht hätte.

Sie hatten das Wochenende zusammen bei Freunden in der Schweiz verbracht und noch den Montag drangehängt, weil er einen Geschäftstermin in Basel wahrnehmen konnte. Leider waren alle Museen geschlossen. Sie schlenderte durch die Stadt und schaute sich die Geschäfte an. Wie lange hatte sie das nicht mehr gemacht. Nach dem Begräbnis war sie wie in eine Starre gefallen.

Niemand hatte sie daraus holen können. Sie tat alles nur noch mechanisch.

Irgendwann konnte sie dann weinen, endlich weinen. Das ging dann Monate so. Bei irgendeinem Wort, irgendeinem Gegenstand, der sie an ihren Mann erinnerte, brachen sie wieder hervor. „Woher nimmt der Mensch so viele Tränen", fragte sie sich oft. „Das muss doch mal ein Ende haben."
Es hatte ein Ende, als der Arzt die Diagnose stellte. Jetzt hatte sie nichts mehr zu verlieren, schien ihr. Jetzt wollte sie plötzlich nur noch leben, die kurze Zeit, die ihr noch blieb, so gut und so unvernünftig wie nur möglich. Sie hatte sich eine Liste gemacht mit allem, was sie endlich nachholen wollte.

„Ja, wir haben die Bilder schon per E-Mail an den Sohn verschickt ... ich bin doch nicht blöd ... ja, eine Million wie du gesagt hast ... heute noch? Meinst du wirklich, das ist nötig? ... Na, ja, du machst ja nicht die Drecksarbeit ... Ja, ich melde mich ... Scheiße!"

Mustafah trat mehrmals gegen den Baum. Es war doch so gut gelaufen und jetzt konnte der Boss den Hals nicht voll genug bekommen. Ihm schmeckte die Entführung nicht. So, wie sie es bisher gemacht hatten, war es o. k.
Und überhaupt war es doch eigentlich seine Idee gewesen: Die noblen, wenn möglich allein stehenden Villen, die im Internet zum Kauf angeboten wurden, eingehend zu besichtigen – getarnt als Makler oder Kaufinteressent – und dann den Bruch machen. Total easy, zumal viele Häuser bereits nicht mehr ständig bewohnt

waren. Seitdem es mit der Wirtschaft massiv bergab ging, gab es Traumhäuser en masse.

Ihm tat es um die hochnäsigen Manager oder Geschäftsführer, deren Firmen reihenweise Konkurs anmelden mussten, nicht leid.

Er war auch hier geboren und aufgewachsen, hatte studiert, aber immer wieder den Makel des Einwandererkindes zu spüren bekommen. Seine Eltern hatten hier noch keine wirklichen Wurzeln und konnten kein Vitamin B bei den Einstellungsgesprächen ihres Sohnes nutzen.

Und dann hatte er Andy getroffen, der schon seit Jahren die todsicheren Dinger drehte, das hieß, er drehte sie nicht selbst, er ließ drehen. Er nannte sich Subunternehmer. Er hatte einfach nur einen verdammt guten Riecher für neue Deals; er kannte die richtigen Leute, die gute Ideen hatten und die er mit seinem Geld leicht umsetzen konnte. Er hatte ihm die teuren Anzüge und Schuhe gekauft und das Auto zur Verfügung gestellt und natürlich die Visitenkarten drucken lassen: „Dr. Amiri – Immobilienmakler", in matt, silbergrau. Sie hatten doch auch diesmal ganz gut abgeräumt: das Auto, Pelze, Schmuck, Bargeld, nein, jetzt musste auch noch die Alte dran glauben, so eine Scheiße!

Die Entführung war ganz einfach gewesen. Unter dem Vorwand, unbedingt noch die Brandversicherungsurkunde zu benötigen, hatte er angerufen. Die makellose Erscheinung von Dr. Amiri bei ihrem ersten Treffen und die Aussicht auf den baldigen Verkauf des Hauses ließ sie alle Warnungen des Polizisten – niemanden ins Haus zu lassen – über Bord werfen. Eine halbe Stunde später erzählte sie ihm beim Tee von dem Einbruch. Er heuchelte Anteilnahme – das Schlafmittel, das er ihr unbemerkt in ihren Tee getan hatte, wirkte schnell. Beim Hineinschleppen in die Hütte hatte er schon Angst, sie sei tot. Erst als sie die Bilder schossen, bemerkte er, dass er vergessen hatte, die Masken zu verteilen. Das durfte Andy nie erfahren.

„Der Nachbar hat das Kennzeichen. Wir sind ihnen auf der Spur. Keine Angst, Herr Wagner, wir finden Ihre Mutter rechtzeitig."
In die Polizeizentrale kam plötzlich Leben, Telefone klingelten, Befehle wurden erteilt. Erik Wagner war wie gelähmt. Er rauchte eine Zigarette nach der anderen.
Er machte sich Vorwürfe. Er hätte sie nicht alleine lassen dürfen. Ihm wurde übel. Vorsichtshalber fragte er nach einer Toilette.
Die Gänge waren lang und hässlich, die Toiletten ebenso. Plötzlich dachte er, dass er in einer solchen Umgebung nicht arbeiten könnte. Etwas wie Dankbarkeit stieg in ihm auf. Sein schönes Zuhause, sein schickes Studio, seine kultivierten Freunde. War das nicht letztlich alles ihr Verdienst?
Er hatte nie mit tollen Leistungen in der Schule geglänzt, sie forderte nie, sie drohte nie, aber sie war zur Stelle gewesen, wenn es eng wurde mit der Versetzung, und wenn es nötig war, legte sie mit ihrem Charme ein gutes Wort beim Lehrer ein.

Niemand konnte ihr widerstehen. Er bewunderte sie heimlich, wollte sein wie sie. Hätte das ihr gegenüber aber nie zugegeben. Sie ließ ihn alles ausprobieren, engte ihn nicht ein und nach ein paar Flegeljahren kam er von ganz allein auf den Trichter, dass das, was sie machte, gut war, und er wollte ihr beweisen, dass er es noch besser konnte. Er stürzte sich in die Arbeit und führte die Firma zu ungeahnten Höhen. Und jetzt das.

Er hätte ihr von Herzen ein paar schöne unbeschwerte Jahre gegönnt. Jahre, in denen sie alles hätte nachholen können, was sie sich aus Zeitmangel nie gegönnt hatte. Endlich hatte sie den Tod seines Stiefvaters überwunden und jetzt das.

Ihr Tod würde ihn treffen. Nie hatte er darüber nachgedacht.

Er war nicht verheiratet, hatte keine Kinder. All seine Liebe hatte er in die Firma gesteckt. Seine Erfolge konnte er nur wirklich mit ihr genießen, keiner verstand ihn besser.

Als er in das Büro des Polizisten zurückkam, fand er nur noch die Kollegin vor.

„Geben Sie mir Ihre Handynummer, für alle Fälle. Wir rufen an, sobald es etwas Neues gibt." Im Hinausgehen überlegte er, was er tun könnte.

Sie merkte, dass sie Durchfall bekam. Wenn sie Angst hatte, bekam sie immer Durchfall. Was sollte sie tun? Man hatte sie in eine grobe Decke gehüllt und ihr die Augen verbunden. Füße und Hände waren immer noch gefesselt und taten ihr schrecklich weh. Sie nahm all ihren Mut zusammen und sagte laut: „Wenn Sie nicht möchten, dass ich Ihnen hier alles vollscheiße, dann lassen Sie mich bitte auf eine Toilette."

Einer nahm die Fußfesseln ab und half ihr auf. Sie konnte kaum stehen, ihre Beine waren steif und schmerzten. Sie stolperte hinaus. Es war stockdunkel. Sie wurde zu einem Plumpsklo geführt.

Überall in ihrem Gesicht fühlte sie die Spinnweben. Sie sagte nichts, streckte nur ihre Hände vor.

Für einen Moment spürte sie den kalten Revolverlauf an ihrer Schläfe. Aber das sollte sie wohl nur abschrecken. Im nächsten Moment öffnete er die Handfesseln und stieß sie auf das Klo. Ungeschickt zog sie ihre Hose herunter. Sie stöhnte. Vor Angst oder was auch immer ging im Moment gar nichts. Es dauerte ewig. Mit Schmerzen und Getöse entlud sich ihr Inneres, alles unter der Furcht, ihr ungeduldiger Aufpasser könnte ausrasten.

Er machte auf dem Absatz kehrt. Natürlich, das war eine Chance. Er stürmte zurück ins Büro des Polizisten.

„Die Einbrecher haben ihr Handy geklaut, aber ich habe ihr vor zwei Tagen ein Neues eingerichtet und sie gebeten, es ständig bei sich zu tragen. Vielleicht haben sie das noch nicht entdeckt, und wir können es orten".

Seine Stimme überschlug sich fast, und es ging ihm gar nicht schnell genug, bis die junge Polizistin reagierte.

Es kam ihr immer noch wie ein böser Traum vor. Ihr Arzt hatte ihr dringend empfohlen, nach der überstandenen Chemo eine Kur zu machen und psychotherapeutische Hilfe in Anspruch zu nehmen. Aber sie schlug trotzig sein gut gemeintes Angebot aus.

Zwanzig Kilo leichter und mit Raspel kurzen Haaren, stand sie gutgelaunt auf dem Balkon ihrer Kreuzfahrtsuite und ließ sich die frische Meeresbrise um die Nase wehen. Tief atmete sie ein und noch länger aus. „Nichts macht glücklicher als neu geschenktes Leben", dachte sie. „Ich werde lernen zu genießen."

Diese Geschichte war gut, wirklich gut, bestand aus Realität und Fantasie und gefiel ihm. Er überlegte. Sie hatte einmal eine Freundin in Berlin erwähnt, eine Lektorin, die wollte er anrufen und ihr von seinem Fund berichten.

Er durchsuchte ihren Notizkalender, aber ihm fiel der Name nicht ein. Zum Glück hatte sie nicht viele Berliner Telefonnummern notiert.

Er durchforstete ihr Handy, welche Nummer in Berlin sie vielleicht in letzter Zeit gewählt hatte. Bingo! Jetzt fiel ihm auch der Name wieder ein.

„Hallo, hallo Linda, hier ist Patrick Wegner. Vielleicht erinnern Sie sich?"

„Aber natürlich, Patrick. Wir haben in letzter Zeit viel von Ihnen gesprochen".

„Dann wissen Sie es noch gar nicht?"

„Nein, was ist passiert? Ich bin gerade erst nach Hause gekommen, ich war auf einer Fortbildung in München".

„Meine Mutter ... ist tot."

Langes Schweigen.

„Das kann nicht sein, ich habe sie doch endlich überredet, ihre Kurzgeschichten und Gedichte als Buch herauszugeben. Sie schreibt so lebensnah, so erfrischend. Entschuldige, Patrick, darf ich dich morgen auf dieser Nummer zurückrufen? Ich muss das erst mal verdauen."

„Natürlich, gern, bis morgen".

Er legte auf. Was, verdammt, hatte dazu geführt, dass sie diesen tödlichen Herzinfarkt bekommen hatte?

Er besprach sich noch einmal mit ihrem Arzt und der erklärte ihm, dass sie wohl zu einem früheren Zeitpunkt schon zwei leichte Infarkte gehabt haben musste und der jahrelange Stress und wenige Schlaf hätten Spuren hinterlassen.

„Das beobachten wir oft. Wenn ein Mensch jahrelang unter Hochspannung lebt, steht er so unter Stress, dass das Adrenalin alle Krankheitszeichen übertüncht. Kommt er dann zur Ruhe, denkt über sich nach, kann es manchmal für eine Heilung schon zu spät sein. Der Körper verzeiht viel, aber er vergisst nicht", waren seine abschließenden Worte.

Am Abend beim Essen im Restaurant berichtete er alles Annika.

„Dass die Idee mit dem Buch schon so weit fortgeschritten war, davon hat sie nicht erzählt."

Sie gingen zusammen nach Hause und lasen gemeinsam weiter.

Der Strandkorb

Schon als sie das Haus plante, hatte sie sich einen Strandkorb gewünscht. Der gehörte einfach dazu. Nicht irgendeinen. Es sollte ein guter sein, aus echtem Korbgeflecht und mit dicken Polstern zum Hineinkuscheln und Wohlfühlen und mit je einem Bullauge rechts und links.

Gesagt, getan. Der Strandkorb war die Krönung ihrer Terrasse. Unter der Bank konnte man die Plane verstauen, die sie gleich mitbestellt hatte, für die schlechten Tage, damit das gute Stück keinen Schaden nahm. Rundherum mit zwei Reißverschlüssen gut abgedichtet.

Sie las im Strandkorb, sie häkelte im Strandkorb, sie faulenzte im Strandkorb und Besucher stritten sich, wer darin sitzen durfte.

Dann kam eine längere Regenphase. Für die Gurken im Hochbeet ideal. Sie hatte eine überbordende Ernte. Auch die Bohnen und Zucchini gediehen gut, nur die Tomaten hätten sich mehr Sonne gewünscht.

Der Strandkorb stand gut verhüllt, etwas einsam. Er war nicht mehr in aller Munde. Aber wie heißt es: Nach Regen folgt Sonnenschein, und endlich konnte man die Hülle wieder abnehmen. Aber was war das? Überall Haare, Katzenhaare.

Sie hatte beobachtet, dass eine hübsche getigerte Katze aus der Nachbarschaft sich nachts in ihrer Katzenminze suhlte. Das war ihr nicht entgangen, denn die Katze nahm ordentlich den Weg vom Seiteneingang zum Blumenbeet und löste damit immer den Bewegungsmelder aus, der die Außenbeleuchtung steuerte. Aber wann hatte sie den rundherum abgeschirmten Strandkorb für sich entdeckt? Es blieb doch nur eine hauchdünne Spalte über den Terrassenplatten.

Sie machte sich jetzt die Mühe und verpackte den Strandkorb jeden Abend unter seiner Plastikhülle. Sie musste nicht lange warten. Am frühen Nachmittag des darauffolgenden Tages schlängelte die Katze sich wie ein Aal unter der Plane hervor und räkelte sich genüsslich in der Sonne. Dann schritt sie elegant mit hoch gestelltem Schwanz durch den Garten und am Nebeneingang vorbei vom Grundstück.

Sie mochte schon immer Katzen, ihre Verschmustheit und ihren Eigensinn. Sie hatte eben Geschmack, diese Katze.

„Als ich ein kleiner Junge war, hatten wir Katzen", erzählte er Annika. „Mutter und Sohn. Anfangs konnte ich nicht genug von ihnen bekommen. Ich spielte den ganzen Tag mit ihnen. Nach einiger Zeit ließ mein Interesse nach. Der Kater war irgendwann verschwunden." Er machte eine kleine Pause, dann erzählte er weiter: „Die Katzenmutter hat sich in den folgenden Jahren total auf meine Mutter fixiert. Sie folgte ihr wie ein Hund, schlief zu ihren Füßen. Als sie im hohen Katzenalter starb, war das ein herber Verlust. Meine Mutter konnte sich aber nie vorstellen, eine ‚Ersatzkatze' anzuschaffen."

Annika ergänzte: „In den letzten Jahren erfreute sie sich an den vielen Tieren um sie herum. Sie betonte immer wieder: Ist es nicht herrlich, so viele Tiere um sich herum zu haben, und ich muss für keines sorgen."

„Ja", sagte er, „ihre große Liebe galt jetzt ihrem Garten."

Wie auf Bestellung passte die nächste Geschichte dazu.

Der scharfe Hahnenfuß

Ich bin ein sehr glücklicher Mensch, denn ich habe mir einen Traum erfüllt. Nach 45 arbeitsreichen Jahren lebe ich endlich an der Nordsee, genauer gesagt am Rande eines Dorfes mit gefühlten 800 Zwei- und 2000 Vierbeinern, die meisten in Form von Schafen.

Die Nordseeluft zwischen Sylt und Friedrichs-koog tut meinen Bronchien sehr gut. Egal ob es stürmt oder regnet, der Himmel wasserblau schimmert oder die Sonne scheint: Ich bin drau-ßen. Genauer gesagt: in meinem Refugium. Letz-tes Jahr wurden Hecken gepflanzt und Blumen-inseln angelegt. Kleine Gartenzimmer mal mit Rhododendren und Azaleen, mal mit Hortensien und Frauenmantel oder Rosen und Storchen-schnabel. Hochbeete mit Kräutern, Salat und Gemüse und Johannis- und Himbeeren am Zaun durften nicht fehlen.

Ich entstamme einem uralten Bauerngeschlecht. Und nach all den Großstadtjahren kommen nun meine Wurzeln zum Vorschein.

Ich habe geackert, ehrlich. Im Herbst und im Frühjahr Unmengen Unkräuter und Steine ent-fernt (ich frage mich immer wieder, wo die alle herkommen?). Aber es hat sich gelohnt. Im April fing es an zu blühen und ich war stolz wie Oskar. Am meisten freute mich, dass sich die Bodendecker schon recht gut entwickelt hatten. Sie sollen mir in den nächsten Jahren die meisten Unkräuter vom Leibe halten.

Ende Mai dann die große Überraschung: überall, wo noch vor Kurzem der kahle, braune Ackerboden war, ein gelbes Blütenmeer. Ich konnte mich gar nicht sattsehen. Die Lücken zwischen den Stauden waren geschlossen und Kindheitserinnerungen wurden wach.

Butterblumen, leuchtend gelbe Butterblumen blühten so üppig, dass ich kleine Sträuße band mit blauen Vergissmeinnicht und ein paar immergrünen Zweigen. Stolz zeigte ich meinen blühenden Garten, nirgendwo sah ich ein Zweifeln in den Gesichtern.

Meine Freude dauerte fast einen Monat, erst dann fragte ich mich, wer heimlich diese Blütenpracht gesät hatte? Ich nicht! Ich fing an, mich für meine Butterblumen zu interessieren und googelte: die gelbblühende, gemeinhin als Butterblume bezeichnete Pflanze, ist eine ausdauernde, mehrjährige, krautige Pflanze aus der Gattung Ranunculus (Hahnenfuß). Er wurzelt bis zu 50 cm tief, fühlt sich auf feuchten, steinigen, humushaltigen Böden besonders wohl und ist raschwüchsig. Bereits einen Monat nach der Keimung können kräftige Pflanzen heranwachsen. Die Vermehrung erfolgt durch lange, oberirdische Ausläufer. Innerhalb der Art findet man viele Exemplare, die sich im Blattzuschnitt, der Blütengröße und in der Stärke der Behaarung voneinander unterscheiden.

Mich interessierte es nicht mehr, ob sich nun der kriechende oder der scharfe Hahnenfuß in meinem Refugium breit gemacht hatte, einzig die Tatsache, dass er da und nur sehr schwer wieder zu entfernen war, bereitete mir schlaflose Nächte. Ich fasste mir ein Herz und begann im Rosenbeet, den Hahnenfuß zu entwurzeln. Hier gelang es noch einigermaßen gut, aber je weiter ich in die völlig zugewachsene, schön anzusehende „Wildnis" zwischen Hortensien und Frauenmantel vorstieß, desto schwieriger wurde es, überhaupt bis zu den Wurzeln vorzudringen, Unkraut von Staude zu trennen und dem gemeinen Hahnenfuß an den Kragen zu gehen.

Mittlerweile hatte ich schon mehrere Säcke gefüllt und alle anderen Arbeiten vernachlässigt. Ein guter Freund rief an, und ich musste ihm unbedingt von meinem Leid erzählen. Der Großstädter und

Büromensch lachte herzhaft und meinte: „Statt immerzu mit deinen Pflanzen zu reden (wovon ich ihm mehrfach berichtet hatte), musst du die mal ordentlich anpfeifen und ihnen den Marsch blasen, dass es so nicht geht."

„Ich kann nicht pfeifen", sagte ich kleinlaut.

„Was, du kannst nicht pfeifen?"

„Nein, habe ich noch nie gekonnt."

Er pfiff mir ein paarmal laut ins Ohr. „Hör auf", sagte ich, „außer einem gequälten Päff, kommt da nix raus. Ich habe ein zu kurzes Zungenzäpfchen."

Er konnte sich nicht mehr halten vor Lachen. „Du kannst doch sonst so viele wunderbare Sachen mit deinem Mund machen. Probiere es doch mal." Bevor das Gespräch in Zweideutigkeiten abglitt, legte ich auf.

Wenig später kam mein Nachbar, der Bauer, dem die Wiese neben meinem Grundstück gehört, vorbei. Wir hielten wie gewöhnlich ein Schwätzchen, und ich berichtete auch ihm von meinem Unglück. „Mich hat das schon gewundert, mien Deern, dass du den Hahnenfuß nicht gleich vernichtet hast, bevor er sich so auswächst. Du weißt doch, du bist hier in Dithmarschen, dem letzten Abenteuer Europas."

Das hatte er mir schon bei unserer ersten Begegnung gesagt, und der Stolz und die Freude, die dabei aus seinen Augen blitzten, hatten mich sehr berührt.

Und immer nannte er mich alte Frau „mien Deern". Ich war geschmeichelt, lächelte ihn an und lud ihn auf eine Tasse Tee mit geelem Köm ein, meinem inzwischen Lieblingsgetränk am Nachmittag, wenn die Sonne mal nicht scheint ...

Sie lachten beide herzhaft. Welch reizende Geschichte. Die nächste musste in jedem Fall recht neu sein. Es gab noch mehr „Gartengeschichten".

Das Geständnis

Ich bin zur Mörderin geworden. Ich gestehe. Ich weiß nicht, wie viele ich umgebracht habe, aber es ist eine ganze Menge. Mir ist übel. Ich finde es nicht in Ordnung, aber was sollte ich tun ...

Im letzten Frühjahr hatte ich zwei Hochbeete aus Holzbohlen erworben, zwei mal einen Meter lang und circa 80 Zentimeter hoch. Zuunterst kamen die Reste des Baumschnitts hinein. Darauf Gras und viel Laub. Zuoberst eine dicke Schicht gute Muttererde. Marschland ist gute Muttererde. Im Sommer erfreute ich zunächst die Nachbarn mit Schüsseln voll frischem Salat. Vier Sorten Schnittsalat plus Mangold und Kräuter. Als uns dann die Rezepte für Zucchinigerichte ausgingen, lehnten sie meine unterarmgroßen Gebilde irgendwann ab. Wenn ich zwei Tage nicht nachschaute, stießen die Zucchini an den Rand ihrer Umrandung, sprich – gegen das Holz. Sie wuchsen unglaublich. Ich habe angefangen, sie aufzuschneiden, die Kerne in der Mitte herauszuschälen, in Scheiben zu schneiden und einzufrieren. Es gab noch bis Mitte März diesen Jahres bei mir Zucchinigemüse. Kurz gedämpft in allen Variationen mit anderen Gemüsen oder meinen leckeren Chutneys. Ich mag Zucchini noch immer. Meine Nachbarin sagte mir neulich, ihr Mann lehne sie inzwischen ab. Egal, ich war mächtig stolz und glücklich, wie ungeheuer rückenschonend und ertragreich meine Hochbeete schon im ersten Jahr waren.

Dieses Jahr habe ich wieder Salat gesät, aber statt Zucchini Snackgurkenpflanzen gesetzt. Der Salat gedieh wieder prächtig und die Snackgurken (sie werden nur etwa zehn Zentimeter groß) schmecken auch herrlich. Da es häufig regnete, musste ich noch nicht mal gießen. Ich war glücklich bis zu dem Tag, als ich die erste entdeckte: eine braune, sehr hässliche Nacktschnecke. Und bei näherem Hinsehen stellte ich fest: Es war nicht nur eine, es gab sie in allen Stadien ihres Heranwachsens, und sie taten sich gütlich an meinem Salat.

Jetzt fing der Krieg an. Jeden Abend, vor Einsetzen der Dunkelheit, inspizierte ich meinen Salat. An die Gurken gingen sie nicht, auch nicht an den Rucola, nur an die herrlich, frischen Blätter meines Schnittsalats.
Ich nahm ein leeres Marmeladenglas und schubste sie hinein. Während ich die nächsten

einsammelte, musste ich aufpassen, dass die ersten nicht schon wieder über den Rand des Glases guckten. Eine mühselige Arbeit. Sie versteckten sich auch meist noch unter den Blättern, das heißt, ich musste sie drehen und wenden, um ja alle zu erwischen. Dann lief ich zum gegenüberliegenden Teich (der heißt hier oben Wehl) und schüttete sie ins Wasser. So hoffte ich, für die Fische eine gute Tat vollbracht zu haben. Ich weiß nicht, ob sie für die Fische schmackhaft waren oder ob sie ertranken?

Dann beriet ich mich mit meinen Nachbarn. Der eine sagte forsch: Schneid sie mit der Schere einfach mitten durch, die geben wieder guten Kompost. Nein danke, zu eklig. Der nächste riet zur Bierfalle. Dafür war mir ehrlich gesagt das leckere Flens zu schade.

Meine liebste Nachbarin drückte mir eine Packung Schneckenkorn in die Hand: Streu das aus, es geht nicht anders, sonst wirst du sie nie los. Gesagt, getan. Es hat geholfen. Aber ich weiß bis heute nicht, wie die Schnecken überhaupt in meine Hochbeete kamen?

Die Kamikaze-Würmer

Wissen Sie, weshalb Regenwürmer so winzige Köpfe haben? Weil sie dumm sind. Ich kann es leider nicht anders bezeichnen. Bis vor Kurzem glaubte ich immer, in einem meiner früheren Leben ein Regenwurm gewesen zu sein (weil sie ja so nützlich für den Garten sind – sie machen die Erde so schön locker und ihre Ausscheidungen sind kostbarer Humus), aber jetzt hoffe ich, dass dem nicht so war.

Ich habe gestern über eine Stunde gebraucht, jede Menge vertrockneter Regenwürmer von meiner Terrasse zu kratzen. Sie kleben regelrecht auf den Fliesen und gehen nur schwer ab.

Nun habe ich mich erkundigt, weshalb sie gerade bei Starkregen aus meinem Rasen vor der Terrasse heraus kommen.

Eine Erklärung finde ich noch vernünftig: zu viel Regen lässt ihre Gänge volllaufen und dadurch ertrinken sie vermutlich.

Eine weit verbreitetere Ansicht ist aber, dass das Klopfgeräusch des Starkregens sie veranlasst auf Wanderschaft zu gehen, weil sie hoffen, glauben, denken, dabei einen paarungswilligen Genossen (oder Genossin, sie können ja mit beiden) zu finden.

Ich bin sicher, es sind in der Mehrzahl die Männchen, die triebgesteuert losrennen und dann unterwegs vertrocknen, bevor sie wieder den rettenden Rasen erreichen.

Den Anglern gönne ich es ja. Sie haben mir versichert, dass sie die Klopfmethode häufig anwenden und auf diese Weise zu preiswerten Fischködern kommen.

Aber die verhängnisvolle Hoffnung auf eine schnelle Regenwurmnummer, die in der Regel tödlich endet, müsste sich doch langsam unter ihresgleichen herumgesprochen haben.

Wenn ich jetzt zufällig einen Wurm sehe, der gerade aus meinem feuchten Rasen Richtung Terrasse marschiert, schleudere ich ihn weit auf die Wiese zurück und rufe ihm nach: Du dummer Kamikaze-Wurm!

Die nächste Geschichte war etwas völlig anderes. Annika hatte den Reifen gleich entdeckt. Er „parkte" hinter dem Vorhang.

Bleib mir vom Zwickel

Hurra, Hula-Hoop und tägliche Wassergymnastik haben etwas bewirkt: Die Waage zeigt fünf Kilogramm weniger!

Ich schwinge mir den Reifen um die dralle Taille und übe, übe, übe. Nach fünf Minuten läuft mir der Schweiß. Wieso ging das als Kind so easy? Ich konnte es stundenlang. Runter bis zum Po und wieder rauf bis zum (noch nicht vorhandenen) Busen. Kann mich nicht erinnern, dabei jemals ins Schwitzen gekommen zu sein.

O. k., ich finde, man muss die Versuche schon als Erfolg verbuchen. Vielleicht bleibt der blöde Reifen auch irgendwann mal wieder länger als fünf, sechs Runden in Position, ohne mit einem kurzen Plopp auf den Boden zu fallen.

Wie gesagt, fünf Kilo sind doch schon ein Anfang und besser als nix, zumal sie seit zwei Monaten stabil weg sind, können also nicht nur Wasser gewesen sein.

Aber wo bin ich schlanker geworden? Lediglich in der Taille. Nicht an den viel zu fetten Hüften oder Oberschenkeln, nein, lediglich an der Taille und (wie mein Mann traurig behauptet) auch am Busen.

Beim nächsten Deichspaziergang bemerke ich, dass meine Hose rutscht. Immer wieder zuppele an ihr herum, was nervt. Zugegeben, sie kann nach menschlichem Ermessen nicht über die Hüften und während des Laufens auf die Füße rutschen, aber das Gefühl ist einfach lästig.

Also greife ich zu Hause zu Nadel und Faden und nähe in die hintere Hosennaht einen Zwickel, damit das Gezuppele ein Ende hat. Außerdem muss ich zugeben, dass mich ein wohliges Gefühl beschlich in der leisen Hoffnung, es möge nicht bei den fünf Kilo bleiben, sondern es würden noch weitere Kilos schmelzen.

Und tatsächlich: Einige Monate später ein weiterer Erfolg. Leider bislang der wirklich endgültige, aber ich fühlte mich einer Gazelle doch ein großes Stück näher. (Ich darf nur nicht neben normalgewichtigen Damen stehen, sie könnten immer noch wunderbar in meinem Windschatten stehen, ohne dass man sie sähe).

Inzwischen haben alle meine Hosen einen oder mehrere Zwickel zwecks besserer Passform. An anderen Stellen meines üppigen Rubenskörpers hat sich immer noch nichts verändert.

Mein Mann behauptet, meine Hosen hätten keine perfekte Passform mehr und ich solle sie doch bitte verschenken und neue kaufen.

„Und was, wenn ich doch noch mehr abnehme? Ich warte, bis das Endstadium erreicht ist", erwidere ich trotzig.

Er will mich liebevoll in den Arm nehmen, aber ich sage lachend: „Bleib mir vom Zwickel!"

Und in dem Moment fällt es mir wie Schuppen von den Augen: Ein Zwickel ist eigentlich ein zusätzliches Stoffstück, dass man zur Erweiterung in die Kleidung einsetzt.

Was hab ich mir nur bei der Bezeichnung gedacht?

„Du, ich muss morgen früh ganz früh raus. Habe aber um 16 Uhr Feierabend. Hast du Zeit? Ich hol dich ab, ich möchte dir unbedingt noch etwas zeigen. Ja?"

Nur zu gerne willigte er ein. Am liebsten hätte er gesagt: „Bleib doch hier." Aber er verkniff es sich, brachte sie zur Tür und küsste sie lange zum Abschied.

Nach der nächsten Geschichte, fielen ihm die Augen zu. Das Reizklima forderte seinen Tribut.

Vollmond

Es ist Nacht. Die kleine Digitaluhr zeigt 2 Uhr 49. Eine Herzschwäche ist schuld, dass ich seit ein paar Jahren nachts mehrmals raus muss. Aber ich mache kein Licht an, kenne mich inzwischen so gut aus, dass ich mich in jedem Raum problemlos bewegen kann ohne Licht. Kenne jede Entfernung, jeden Stuhl, jede Tischkante. Zimmerschwellen gibt es nicht und auch keine Teppiche, mein Haus ist altersgerecht.

Heute Nacht ist etwas anders, es ist ungewöhnlich hell im Bad. Ein Blick von der Toilette durch das Fenster erklärt es: Der Mond ist voll und scheint besonders hell und ganz nah. Urplötzlich muss ich schmunzeln. Just in diesem Moment fällt mir ein, dass meine Mutter mir einmal erzählt hat, ich wäre als kleines Kind bei Vollmond geschlafwandelt. Hätte mein Bettzeug hinter mir her gezogen und wäre die Treppe hinunter gegangen, um irgendwo auf einem Treppenabsatz Halt zu machen und dort weiterzuschlafen. Natürlich haben sie nach diesem Erlebnis die Eingangstür fest verriegelt. Die nächsten Male sei ich dann nur bis in die Diele gekommen und hätte mich dort hingelegt.

Während ich noch darüber sinniere, sehe ich plötzlich eine Taschenlampe aufleuchten, direkt auf mein Bett, dann noch kurz im Kreis herum. Im Badezimmerspiegel kann ich es genau erkennen. Eine Person guckt, stutzt und nach kurzem Zögern dreht sie wieder um. Mich konnte sie nicht entdecken, weil die Toilette hinter einer kleinen Brüstung im Bad steht und in dem Moment im Dunkeln lag.

Hat meine Herzschwäche einmal einen Nutzen gehabt und mich vor einem Einbrecher bewahrt? Er sah das benutzte aufgeschlagene Bett, leer. Die Person konnte überall im Haus sein und das war ihm wahrscheinlich zu riskant. Er hoffte mich schlafend vorzufinden.

Mein Herz klopfte bis zum Hals, und ich brauchte noch eine Weile, bis ich mich beruhigt hatte. Wieso hatte ich nichts gehört? Hatte ich mal wieder vergessen, die Seiteneingangstür zu verriegeln? War mir schon öfter passiert. Mein Nachbar sagt, das mache nichts, bei uns sei noch nie eingebrochen worden, und er würde die Seitentür nie abschließen.

Ich dankte dem Vollmond, der mich eine Weile länger auf der Toilette sinnend sitzen und mich nicht mit dem Einbrecher zusammenstoßen ließ.

Gibt es Zufälle? Je älter ich werde, desto stärker glaube ich an Schicksal und umso mehr bewahrheitet sich mein Lieblingsspruch: „Letztendlich ist alles für irgendwas gut und sei es eine lästige Herzschwäche."

P.S.: Am anderen Tag hörte ich in den Nachrichten, dass der Vollmond tatsächlich der Erde so nah wie selten gewesen war und dass es in dieser Nacht eine ganze Serie von Einbrüchen gab.

Das Wattenmeer

Kurz nach 16 Uhr holte Annika ihn ab.
„Muss ich etwas mitnehmen?", fragte er sie.
„Nein, ich habe für alles vorgesorgt."

In wenigen Minuten waren sie in Büsumer Deichhausen. „Hier ist das Watt nicht so weich. Man kann besser darauf laufen", war ihre Erklärung.
Sie liefen den kurzen Weg hinauf zum Strandhaus und dann hinunter zum Wasser, das mal wieder nicht da war.
Rasch hatte Annika Schuhe und Strümpfe ausgezogen und ihre Hose hochgekrempelt. Patrick sah man seine Unsicherheit an. „Ich lass mal lieber meine Socken an. Es ist doch recht kalt." Annika lachte. „Dir wird bald warm werden, glaub mir."

Patrick war noch nie im Wattenmeer. Es hatte ihn auch bis dato nicht wirklich interessiert, obwohl er doch ein absoluter Wasser-Mensch war, er hatte sämtliche Tauchscheine und früher oft bei der DLRG ausgeholfen. Jetzt stapfte er hinter Annika her und sah ein wenig unbeholfen aus in seinen grauen Socken.
Annika war in ihrem Element. Sie plapperte unentwegt drauf los, lockte Wattwürmer aus ihrem Habitat. „Das nennt man plümpern", erklärte sie ihm stolz. An den grazilen Spuren im Watt konnte sie ihm jeden dazugehörigen Vogel beschreiben. Er war beeindruckt.

Es gefiel ihm, mit wie viel Spaß sie bei der Sache war. Langsam kam das Wasser zurück und sie kehrten um. Annika hatte wirklich an alles gedacht. Aus der großen Tasche, die sie auf einer Bank am Deich zurückgelassen hatte, holte sie zunächst ein Handtuch, zog ihm die jetzt schwarzen, klebrigen Socken aus und rubbelte ihm die Füße trocken und warm. Dann goss sie warmen Tee aus einer Thermoskanne in einen Becher und sparte nicht mit geelem Köm, einem Kräuterschnaps, wie sie ihm erklärte. Zum Schluss kuschelten sie sich in eine große weiche Decke.

Es gefiel ihm, sie so nah bei sich zu haben. „Gleich passiert es", wehrte sie einen Kuss von ihm ab. „Schau!"

Die Sonne ging langsam am Horizont unter. Es war ein mindestens so schönes Schauspiel wie in der Karibik, am Roten Meer oder dem Indischen Ozean. Dort hatte er es schon oft genossen. Jetzt, mit Annika im Arm, gefiel ihm das Farbenspiel, die Veränderung von Gold über Orange und Rot und am Ende zu Dunkelrot besser denn je. Er verstand jetzt ihre Liebe zur Nordsee, atmete bewusst die würzige Luft ein und küsste sie dann sehr lange und zärtlich. Er konnte sich nicht erinnern, jemals ein so warmes Gefühl für eine Frau empfunden zu haben.

Zu Hause angekommen, entnahm Annika ihrer großen Tasche noch eine Tupperdose mit frisch gepulten Krabben, schlug Eier auf, fand im Tiefkühler noch Petersilie und servierte Patrick im Handumdrehen ein zünftiges Omelett. Dazu toastete sie Kohlbrot, eine Spezialität mit viel frischem Kohl. Er war begeistert.

Zum Nachtisch gönnten sie sich noch eine Handvoll Geschichten, bevor sie fast schon in seinen Armen einschlief.

Das Fitnessarmband

Da wollte ich einmal total in und up to date sein und hab dabei ins dicke Fettnäpfchen getreten oder besser gesagt, mir keinen Gefallen getan.

Anfang letzten Jahres sah ich zum ersten Mal bei einem Bekannten ein schwarzes Fitnessarmband. Ich dachte zuerst, es sei seine neue Uhr, aber er hatte nur darauf gewartet, mir lang und breit seine neueste Errungenschaft zu erklären. Mächtig stolz war er. Jetzt konnte er seine Schritte pro Tag zählen, seinen Kalorienverbrauch checken, seinen Puls, Blutdruck und Schlaf ständig überwachen.

Wow, dachte ich, das ist etwas für meinen sportbegeisterten Mann und bestellte eins im Internet. Für 69 Euro kam es ein paar Tage später bei mir an. Die Gebrauchsanweisung überforderte mich, aber ich wusste, mein Sohn würde es ruckzuck gebrauchsfertig einrichten.

Er stellte es zunächst auf mein Alter, Gewicht und was es sonst noch wissen wollte ein. Drei Tage fand ich es total spannend, ständig zu wissen, wie hoch mein Puls ist und wie viele Schritte ich gelaufen war. Dann machte es mich nervös. Ständig auf meine Unzulänglichkeiten hingewiesen zu werden, erzeugte Frust. Ich nahm es ab, widmete mich meiner Lieblingssportart Schwimmen und schaute es auch nicht mehr an, bis der Geburtstag meines Mannes näher rückte.

Mein Mann freute sich auch ehrlich, nur leider schaffte

ich es nicht, seine sämtlichen Angaben zur korrekten Berechnung einzustellen. Wieder musste Sohnemann ran.

Mein Mann fand es toll, denn er wurde in seinen sportlichen Leistungen voll bestätigt.

Eines Tages fiel mir auf, dass er es nicht mehr trug. „Es tut mir leid, Schatz, ich habe es im Fitnessclub in der Umkleidekabine vergessen und nicht wieder gefunden." Einige Tage hoffte er noch auf die Ehrlichkeit des Finders, aber es blieb verschollen.

Und jetzt geschah es: Ich schaute im Internet, war gewillt, ihm ein Ersatzband zu bestellen, aber was sah ich? Dutzende und aber dutzende Anbieter von Fitnessbändern, für 9,99 Euro bis durchschnittlich 29,90 Euro. Mmmh, ich hatte also viel zu früh und viel zu teuer gekauft.

Und dann erst die Bewertungen, die es jetzt auch massenhaft gab. Die teuersten, im Netz getesteten Bänder waren noch nicht mal die Besten.

Dass sie nicht die Genauesten seien bezüglich der Herzfrequenz überraschte mich nicht. Schlimmer ist das größere Problem: sie sind mit dem Phthalat-Weichmacher DEHP belastet, der die Fortpflanzungsfähigkeit beeinträchtigen kann. Damit gefährden die Bänder die Gesundheit, statt sie zu fördern.

Obwohl mein Mann und ich uns nicht mehr fortpflanzen möchten, finden wir das gruselig.

Wildwest in Nordwest

Vor meinem Haus befindet sich ein großes Wehl. Würde ich nicht schon länger hier wohnen und die genaue norddeutsche Bezeichnung für einen an der Binnenseite eines Deiches gelegenen Teiches, der durch Deichbruch oder eine Sturmflut entstanden ist, kennen, hätte ich gesagt: unser Haus am See.

Dieses Wehl befindet sich im Nordwesten, und ich bewundere immer wieder morgens beim Kaffee kochen den Kormoran (den die Angler gar nicht so mögen), wie er sich geschickt sein Frühstück aus dem Teich fischt und sich anschließend auf die höchste Spitzes eines Baumes setzt, um elegant sein dunkles Federkleid zum Trocknen auszubreiten.

Die Blesshühner und Enten stört das nicht. Sie ziehen ruhig ihre Bahnen.

Für dieses Morgenschauspiel hat es sich schon gelohnt ans Ende von Deutschland nach Dithmarschen zu ziehen.

Grasten um den Teich herum in den letzten beiden Jahren nur meine geliebten Schafe mit ihren Jungen (in diesem Jahr mit auffällig vielen schwarzen Lämmern), so hat der Bauer in diesem Jahr auch etliche Kühe gebracht, und nun beginnt das Abendspektakel:

Besonders bei schönem Sonnenuntergang, den wir in der letzten Zeit häufig hatten, marschieren in etwa drei Meter Abstand die Kühe am Abend auf dem Deich über dem Wehl einträchtig nacheinander in Richtung Westen. Wenn dann hinter ihnen die Sonne untergeht, denke ich jedes Mal, jetzt beginnt gleich ein berühmter Westernsong. Ennio Morricone lässt grüßen. Ich habe unwillkürlich die bekannte Szene etlicher alter Western vor Augen, wie die Cowboys in den Sonnenuntergang reiten.

P.S.: Jetzt warte ich nur noch auf einen Mann, der Mundharmonika spielen kann ...

Patrick raunte Annika leise ins Ohr: „Ich spiele leider überhaupt kein Instrument. Ist das ein Problem?" – „Ich auch nicht, aber ich würde gern Schlagzeug spielen lernen. Schau mal, ich kann mit der rechten Hand einen anderen Takt schlagen als mit der linken." Dabei trommelte sie leicht auf Patricks Brust. „Mir würde schon genügen, wenn unsere Herzen im gleichen Takt schlagen würden."

Er erkannte sich selbst nicht mehr. Noch nie hatte er so etwas zu einer Frau gesagt. Annika kamen mal wieder die Tränen. „Aber morgen fährst du fort und hast mich vergessen." – „Bestimmt nicht", brummte er und küsste die kleine salzige Träne auf ihrer Wange.

Mit der nächsten Geschichte brachte er sie zum Lachen.

Die Kellerassel

Tatsächlich, sie sieht ihr wirklich ähnlich, besonders von hinten. Allerdings etwas dunkler als Schiefergrau, aber auch mit jeder Menge Tastorganen ausgestattet. (Hoffentlich stimmt es, dass beim Menschen der Tastsinn am längsten erhalten bleibt. Ich würde es mir wünschen.)

Und auch das stimmt überein: Bei Gefahr stellt sie sich tot. Das macht meine große Kellerassel auch. Kein Mucks mehr, wenn Gefahr droht oder sich ihr jemand in den Weg stellt. Gemein wäre, wenn die durchschnittliche Lebenserwartung von zwei Jahren bei meinem Exemplar nicht überschritten würde. Schließlich habe ich eine Garantie von zwei Jahren, hahaha und lange auf sie gespart.

Aber bis jetzt kann ich mich wirklich nicht beschweren.

Ich habe meine „Robbie" getauft.

Wenn man genau hinhört, dann vernimmt man ihre leisen, melodischen Geräusche. Sie wird nur lauter, wenn sie etwas quält, sperriger Löwenzahn zum Beispiel oder der kriechende Hahnenfuß. Dann hat sie ganz schön zu knabbern.

Aber im Gegensatz zu ihrem elektrischen Bruder, der in der Nachbarschaft mindestens an jedem Wochenende aufheult und immer gerade dann, wenn man es sich auf der Couch bequem gemacht hat, verrichtet sie von Punkt 8 Uhr morgens bis 22 Uhr abends mit stündlichen Verschnaufpausen unermüdlich ihren Dienst.

Und mein Rasen ist jetzt nur noch drei Zentimeter hoch und gleicht eher einem dicken Teppich als einer gemeinen Grünfläche. Tolle Erfindung, so ein Rasenroboter.

Bin ich im Himmel?

Also, ich bin echt nicht der Typ, der ständig sagt: Früher war alles besser. Mit vielen Errungenschaften der Neuzeit bin ich durchaus zufrieden, aber muss es denn derart rasant gehen, dass ich permanent dazu lernen muss, um nicht wie Klein-Doofi dazustehen? Früher hat man Kindern etwas beigebracht und die haben ehrfürchtig zu den Eltern aufgeschaut (oder dagegen protestiert). Heute bringt mein Sohn MIR alles bei und tut äußerst gnädig, wenn ich ihn zum zigsten Male dasselbe frage.
So wieder gestern geschehen mit der iCloud.

„iCloud ist ein Online-Dienst des Unternehmens Apple, mit dem Daten gespeichert und synchronisiert werden können. Der Dienst wurde 2011 gestartet."
Das habe ich natürlich sofort gegoogelt, als mein Sohn mir das neue Programm aufgespielt hat.

Ich überlege: Schon seit 2011 gibt es das? Warum habe ich das nicht mitgekriegt? Früher habe ich doch auch jede Mode, jede Neuerung aufgeschnappt und gerne ein- oder umgesetzt. Liegt es nur am Alter? Nein, es geht einfach zu schnell, so dass man nur noch punktuell, in den Sparten, die einen wirklich interessieren, auf dem neuesten Stand sein kann.

Es macht mich traurig, dass ich fast täglich auf Dinge sto-
ße, die mir nichts sagen. Da bekomme ich zum Beispiel
Mitteilungen auf WhatsApp, einzelne Buchstaben, wo ich
mir den Kopf zerbreche, was sie heißen könnten.

Noch mal zurück zur iCloud. Ich lese weiter:

„Mit ihr ist es möglich, Fotos, Dokumente und Einstellun-
gen automatisch hochzuladen und zwischen allen Geräten
des Besitzers zu synchronisieren.
Dafür betreibt Apple Rechenzentren in mehreren US-Bun-
desstaaten."
Ja, brauche ich das denn wirklich? Außer einem Laptop und
Smartphone besitze ich doch gar nichts. Was soll ich denn
da alles hin und her synchronisieren?
Ich war vor Jahren so stolz, als eine der ersten im Freun-
deskreis mailen und das Wordprogramm einigermaßen be-
dienen zu können. Und jetzt? Bin ich jetzt im Himmel mit
meiner iCloud auf Wolken?
Aber einen Absatz finde ich gut:
In einem im April 2014 veröffentlichten Bericht erklärte
Greenpeace, dass Apple das einzige untersuchte Unter-
nehmen war, das alle Rechenzentren vollständig auf erneu-
erbare Energien umgestellt habe. Das heißt, die beziehen
ihren Strom aus Sonne, Wind oder Erdwärme und nicht aus
Kohle- oder Kernkraftwerken.
Das ist doch wenigstens etwas, dachte ich, (wenn sie
schon nicht ordentlich versteuern).

Er erinnerte sich, dass er ihr mehrmals die Funktion einer Cloud versucht hatte zu erklären. Es rührte ihn, dass sie auch daraus eine Geschichte gemacht hatte. Und die letzten beiden gefielen ihnen ganz besonders gut.

Am Tag, als die Vokale sich verweigerten

Es war an einem Freitag, dem 13. Schon viel zu lange waren die Vokale von den Konsonanten lächerlich gemacht worden und noch schlimmer, sie hatten sie beleidigt und als hässlich und einfältig bezeichnet.

Jetzt hatten sie endlich genug und sich in der Woche mehrfach konspirativ getroffen und eine Strategie beschlossen. Sie wollten die Konsonanten da treffen, wo es ihnen am meisten wehtat und was sie wahrscheinlich am wenigsten bedacht hatten: Sie verweigerten sich. Sie waren einfach nicht mehr vorhanden.

Die Konsonanten plusterten sich auf. Allen voran das extravagante Q, etwas bäuerlich plump das dicke B und besonders intensiv das romanisch anmutende M. Erst jetzt wurde ihnen zum ersten Mal kategorisch klar, dass sie ohne die Vokale nichts bewirken konnten. Und wenn sie auch noch so schön „Mitlauten" konnten, ohne einen Vokal waren sie zu keinem einzigen Wort fähig.

Die Welt stand still. Gesprochen herrschte absolute Ruhe. Die Konsonanten gingen den ganzen Duden durch, fanden aber tatsächlich kein Wort – geschweige denn einen Satz –, den sie ohne Vokal hätten aussprechen können.

Zu allem Überfluss hatten sich die Umlaute Ä, Ö und Ü nach reiflicher Überlegung auch auf die Seite der Vokale geschlagen. Diese waren inzwischen auch recht kleinlaut, brachten nur hie und da ein verzagtes „eieiei" oder ein kokettes „oo" zustande, beobachteten aber mit steigendem Vergnügen die Bemühungen der Mitlaute, Worte zu bilden.

Es gelang ihnen nicht. Die deutsche Sprache beinhaltete kein Wort, das ohne einen Vokal auskam. Sie konnten zwar st, ch, sch, ck, ng, gr, fr, fl, pf und viele andere Zweierverbindungen bilden, aber darauf folgte unweigerlich ein a, e, i, o oder u oder eben ein Umlaut (ä, ö oder ü).

Bereits gegen Mittag gaben sich die Konsonanten geschlagen. Sie gingen kleinmütig auf alle Forderungen der Vokale ein: Nie mehr durften sie mit ihrem Aussehen angeben. Das S hatte sich davor wie eine Schlange gewunden und wollte partout weiter ihrem eleganten Schreibstil frönen. Das X bestand lange auf seiner Anerkennung als „einmalig", da es doch auch in der römischen Zählordnung seinen Wert als Zehn habe. Aber da meldeten sich sofort das I als 1, das L als 50, das V als 5 und das C als 100 zu Wort und stellten dieselben Ansprüche an.

Auch die Abkürzungen wie z. B., WM, KFZ purzelten in ganzen Schwärmen auf die Bildfläche. Sie redeten jetzt wild durcheinander und überboten sich mit Lobpreisungen und ihrer Wichtigkeit im Alltag. Einige hätten doch sogar mehrere Bedeutungen. Ohne sie ginge gar nichts. Aber immer deutlicher merkten sie, wie sehr sie an ihre Grenzen stießen. Ohne Vokale ging nichts. Das mussten sie kleinlaut einsehen und zugeben.

Darüber hinaus bestanden jetzt die Vokale auch noch darauf, dass es absolut auf die Reinheit ihrer Aussprache ankäme. Nur so sei ein gutes Hochdeutsch gewährleistet. Mit einer schludrigen Mundformung könnte kein astreiner Selbstlaut gebildet werden. Sie demonstrierten sehr selbstbewusst: A, E, I, O, U und Ä, Ö, Ü. Nur so klänge die deutsche Sprache schön und für jedermann/frau verständlich.

Ich finde, das regt zum Nachdenken an.

Süchtig

Es gab eine Zeit, da hab ich 60 Gauloises am Tag geraucht. Es war in und ich wollte dazugehören. Jede/r, der nicht rauchte, gehörte nicht dazu. In den Kneipen konnte man häufig vor lauter Schwaden die Leute nicht erkennen. Auch in allen Filmen wurde geraucht. Und heute? Bums, aus. Wer raucht, steht ein bisschen am Pranger bzw. im Winter in der Kälte vor der Kneipe und friert sich einen ab.

O. k., es ist gesünder. Ich bewundere jede/n, der es von alleine schafft, aufzuhören. Ich gehörte nicht dazu. Man hat mich in einen Heilschlaf versetzt (macht man heute nicht mehr). Danach konnte ich keine kalte Asche mehr riechen. Ich hab penetrant jeden vollen Aschenbecher sofort entleert.

Aber wie komme ich darauf? Ach ja, weil ich eine neue Sucht habe. Nein, nein, ich habe nicht angefangen zu trinken (wenn man mal von einem Schnäpschen im Tee absieht). Nein, ich habe angefangen zu schreiben und das ist jetzt meine Sucht. Ständig will etwas aus meiner Feder, äh, ich meine, meinen Tasten. Ich kann es nicht zurück halten.

Muss ich mich jetzt bei der Gruppe der „anonymen Schreiber" anmelden?

Annika räkelte sich: „Ja, so kannte ich deine Mutter. Wenn es irgendjemandem in der Runde dreckig ging, sie hat es fertig gebracht, ihn zum Lachen zu bringen. Sie war unser Sonnenschein ..."

Und wieder rannen ihr Tränen über das schöne Gesicht.

„Ich muss los, Patrick. Morgen muss ich auch wieder ganz früh raus." – „Ich fahr mit dir und laufe dann zurück. Ich bin so aufgewühlt, ich kann noch nicht schlafen."

Er fuhr mit ihr und sie hielten sich nicht mehr zurück. Er streichelte sie sanft. Sie war bereits eingeschlafen, als er sich auf den Rückweg machte. Er genoss jetzt den Wind auf seiner Haut, machte sogar noch einen kleinen Umweg zum Deich. Es war Flut. Das Wasser prallte gegen die Steine und schleuderte ihm ein paar Tropfen salziger Gischt ins Gesicht. „So schmeckt also die Nordsee", dachte er.

Zu Hause nahm er noch einmal den Ordner zur Hand, aber schon bald fielen ihm die Augen zu.

Die Reise der Karamelbonbons

Es war klein und süß und rund,
eingewickelt, kunterbunt,
von der Nordseeküste aus
kam es in das große Haus.

In der lauten, grauen Stadt,
macht es glücklich, macht nicht satt,
tröstet aber Stund um Stunde
köstlich schmelzend in dem Munde.

Und die Gute freut sich sehr
nascht sie gerne, mehr und mehr
trägt sie bei sich, nur zu gerne
überall, auch in der Ferne.

Danke, dass ihr an mich denkt
Und so oft mich lieb beschenkt.

Big is beautiful (Teil 1)

„Wisst ihr, warum die meisten dicken Männer schlanke Frauen bevorzugen?", fragte Biggi genüssliche nach der ersten Gabel ihrer köstlich duftenden Penne mit Trüffelsoße.
„Du wirst es uns gleich verraten", meinte Melanie, nippte lustlos an ihrem Mineralwasser ohne Kohlensäure.
„Aus purem Egoismus. Weil sie befürchten, dass sie bald Schwierigkeiten haben, problemlos ihre Socken anzuziehen oder ihre Schuhe zuzubinden und hoffen, dass ihre schlanken Frauen sich besser bücken und ihnen dabei helfen können."
Sprach´s und schob sich die nächste Gabel in den schön geformten Mund.

„Ob sie da nicht die Rechnung ohne die Frauen machen", sinnierte Leonie, die immer noch unentschlossen die Speisekarte in der Hand hielt.
„Kannst du dich endlich mal entscheiden", fragte Melanie, „ich will auch noch mal in die Karte schauen."
„Was braucht ihr eigentlich immer so lange? Ihr bestellt ja doch den üblichen Salat mit Putenstreifen. Dabei habe ich euch schon hundertmal gesagt, dass es viel gesünder ist, abends Kohlehydrate zu essen."

„Ja, ja, du weißt ja sowieso immer alles besser", maulte Leonie, der manchmal Biggis Selbstbewusstsein auf die Nerven ging. Aber seit sie die beiden nach ihrer Reha beim Aquajogging kennen und mögen gelernt hatte, hielt sie sich mit ihren häufig negativen Kommentaren zurück. Nicht nur bei der Essenauswahl war sie unentschieden, ihr ganzes Leben war nach dem Unfall durcheinander geraten, und sie konnte sich immer noch nicht entschließen, was sie wollte, wie es weitergehen sollte. Aber bald würden das Schmerzensgeld und die Entschädigung aufgebraucht sein, und sie musste sich entscheiden, das wusste sie. Dankbar lächelte sie zu Melanie, die in der Zwischenzeit der Bedienung zugenickt und zweimal Salat mit Putenstreifen und noch zwei Wasser geordert hatte. Gäbe es doch in ihrem Leben jemanden, der ihr immer die Entscheidungen abnehmen würde, dachte sie.

Aber als hätte Biggi ihre Gedanken erahnt, sagte sie: „Wann lernst du endlich mal, dein Schicksal anzunehmen und ihm eine positive Seite abzugewinnen? Sieh es doch mal so: Dein Job als Einkäuferin für den Kleine-Versand hat dir doch sowieso keinen großen Spaß mehr gemacht, nachdem du immer mehr angehalten wurdest, die Hersteller im Preis zu drücken. Und dann die endlose Fahrerei, gekrönt von dem schrecklichen Unfall. Denk immer daran, das hätte viel schlimmer ausgehen können. Du hättest querschnittsgelähmt, oder der Fahrer hätte Fahrerflucht begehen und nicht auffindbar sein können. Dann hättest du kein Schmerzensgeld bekommen. Was macht dir denn überhaupt Spaß?"

„Schreiben", sagte Leonie spontan und biss sich gleich darauf auf ihre spröden Lippen, die viel mehr Feuchtigkeit benötigten, als sie bekamen.

„Und warum machst du das nicht", insistierte Biggi.

„Ich mache es ja, aber meistens schmeiße ich es gleich wieder weg, weil ich es nicht gut finde."

„Und warum zeigst du es uns nicht mal?", fragte jetzt auch Melanie, neugierig geworden, „vielleicht ist es gar nicht schlecht. Das können Außenstehende doch viel besser beurteilen als du selbst."

Inzwischen standen auch die zwei Salatteller auf dem Tisch und die drei Frauen aßen eine Weile schweigend. Da Biggi schon früher zu essen begonnen hatte, war sie auch als erste fertig und war jetzt ganz scharf darauf, ihre Newsletter-Neuigkeit noch mal zu vertiefen.

„Du hast recht, Leonie, nicht nur, dass die meisten dünnen Frauen ihren dicken Männern etwas husten, es ist auch erwiesen, dass dünn noch lange nicht gelenkig bedeuten muss. Zum Beispiel haben statistisch gesehen viel häufiger dünne Frauen Bandscheibenvorfälle als dicke."

„Lass mich raten", sagte jetzt lächelnd Melanie, „das hast du bestimmt wieder aus deinem Newsletter aus L. A. Da darfst du nicht alles glauben. Aber ich bin auch davon überzeugt, dass die meisten dicken Männer in gehobenen Positionen sind. Sie arbeiten viel und machen wenig Sport. Um nicht auch noch in ihrer Freizeit zu sehr beansprucht zu werden, nehmen sie sich mit Vorliebe eine schlanke Dumme zur Frau, die sich gerne finanziell verwöhnen lässt und sich über ihren Mann definiert, ohne eigene Meinungen zu entwickeln. Ich nenne sie die „Schaufensterpuppen".

Schrecklich, es gibt sie immer noch."

„Aber längst nicht mehr so häufig wie in früheren Generationen", warf Leonie ein. „Die heutige Managergeneration achtet sehr auf eine durchtrainierte Figur."

„Ich spreche ja nicht nur von Managern", unterbrach sie Melanie. „Ich meine auch die selbständigen Handwerker und anderen Unternehmer, die sich mit viel Fleiß etwas aufgebaut haben. Das sind häufig die dicken Männer, und die wollen in der Regel die Ja-Sager-Frauen."

„Woher hast du denn das", wollte jetzt Biggi wissen. „Von Niko. Der sagt immer, es gehört viel mehr Mut und Ausdauer dazu, eine dicke Frau zu lieben. Die seien viel anstrengender. Nicht nur körperlich, sondern auch geistig."

„Dein Niko wird mir immer sympathischer", sagte Biggi lachend. „Ich frage mich, warum du zuerst Werner heiraten musstest, obwohl du Niko schon kanntest."

„Das frage ich mich heute auch sehr oft", antwortete Melanie. Aber bevor sie weitersprechen konnte, betrat der gerade Erwähnte den Raum.

„Hallo, ihr drei Hübschen", begrüßte er sie lächelnd und Biggi erwiderte schlagfertig: „Big is beautiful!"

Diese Geschichte gefiel ihm auch besonders gut. Er hatte sie am nächsten Morgen noch einmal gelesen und gedacht: „Daraus könnte man eine Hörspielserie machen". Verzweifelt suchte er nach Teil 2 oder 3, aber er fand nichts weiter. „Schade", dachte er, als das Telefon klingelte. Es war Linda.

Sie sprachen lange. Es war beschlossene Sache gewesen, dass die Texte veröffentlicht werden sollten, man war sich nur noch nicht einig, in welcher Reihenfolge. Außer diesen Kurzgeschichten lagen Linda auch zwei Romane vor. Sie versprach, sie ihm zu schicken, damit er sich ein Bild machen könnte und mit ihrer Veröffentlichung einverstanden war. Er vertraute ihr. Sie beschlossen, jetzt ständig in Kontakt zu bleiben.

Sie fragte noch nach dem Wann und Wie ihres Todes, sagte, dass sie es immer noch nicht begreifen könne. „Mir geht es genauso und leider weiß ich auch immer noch nicht, was sie so in Stress oder Aufregung versetzt haben mag und diesen tödlichen Riss in ihrem Herzen ausgelöst hat."
„Manchmal ist es besser, nicht alles zu wissen, Patrick. Es würde es nicht ungeschehen machen."

Während er frühstückte, las er noch zwei Reiseberichte. Die hatte sie ihm schon einmal von unterwegs per E-Mail geschickt, gespickt mit Fotos:

Sehnsuchtsland Neuseeland

Auch für mich, seit 30 Jahren. Habe die Reise immer wieder nach hinten geschoben, weil ich es in Ruhe erkunden wollte. Schade, mit fast 70 war es eigentlich zu spät. Es ist ein Land für junge Leute, die sportlich sind. So wird es ja auch noch immer in Dokus „verkauft": ideal für Rucksacktouristen und Bungee-Springer.

Sie begegnen mir gleich nach der Ankunft in Auckland. Vom Sky-Tower, dem Aussichts- und Fernmeldeturm, springen sie für viel Geld aus circa 200 Meter Höhe senkrecht herunter. Mir reicht schon der Blick hinunter durch den Glasboden. Wenn man sich daran gewöhnt hat, genießt man die 360-Grad-Aussicht über die Stadt..
Von oben erkennt man auch gut die vulkanische Landschaft und man hat einen herrlichen Ausblick auf die vielen Parks. Außerdem war mir vorher nicht bewusst, dass Auckland Zugang zu zwei Meeren hat: im Westen die Tasmanische See, im Osten der Südpazifik. In den zwei großen Häfen wimmelt es von Motoryachten und Segelschiffen. Freizeitspaß auf dem Wasser wird ganz groß geschrieben.
In Auckland wohnt ein Drittel der Bevölkerung Neuseelands. Erst bei der Erkundung des Landes wird mir die dünne Besiedelung von nur ca. 17 Einwohnern pro Quadratkilometer bewusst. (Im Vergleich: Deutschland hat ca. 230 Einwohner pro Quadratkilometer.)

Was mir besonders sympathisch ist an diesem Land: Es ist atomwaffenfreie Zone, und die Maoris sind als gleichberechtigt anerkannt. Bereits 1867 durften männliche Maoris wählen und im Parlament sitzen. Als erstes Land der Welt führten sie 1893 das Frauenwahlrecht ein.

Das bedeutet aber leider nicht, dass sie Frauen gegenüber eine Ausnahme machen, wenn es um ihren strengen Einfuhrvorschriften geht. Ich hatte in Hongkong während der Zwischenlandung die Einfuhrgesetze gelesen. Warum ich dann auf die dumme Idee kam, einen sehr schmackhaften Apfel vom Frühstücksbuffet des Hotels nicht aufzuessen, sondern ahnungslos in meinen Rucksack zu stecken, weiß ich wirklich nicht mehr. Durch irgendetwas musste ich abgelenkt worden sein. Jedenfalls wunderte es mich, dass man mich bei der Einreise in Auckland aus der Reihe der Mitreisenden herausbat und in ein Büro führte. Dort musste ich zunächst meine Schuhe ausziehen. Sie wurden gründlich inspiziert, dann holte man den angebissenen Apfel aus dem Rucksack und erklärte mir ihr Verhalten.

Sie haben panische Angst, dass durch verschmutzte Sohlen oder offene Lebensmittel Keime ins Land beziehungsweise auf die Insel getragen werden.

Ich beteuerte so gut es mein Englisch hergab, meine Unschuld und entschuldigte mich für meine naive Tat. Auch ein liebenswerter Augenaufschlag und demütiges Dreinblicken ersparte mir nicht die Barzahlung von umgerechnet 400 Euro, die Mindeststrafe für eine solche Dummheit. Ich versuchte diese schnell innerlich abzuhaken und mich an dem tollen Wetter und einer beeindruckenden Stadtrundfahrt zu erfreuen.

Was für mich so gar nicht zur Mentalität passt: dass man überall, in jedem Laden, von Queen Elisabeth (teils lebensgroß) angeblickt wird.
Anscheinend ist die Verbindung doch noch sehr präsent, leider auch bei der Essenskultur.
Spätestens nach der ersten Woche sehne ich mich nach einem kräftigen, geschmackvollen Landbrot, anstatt des wabbeligen Toasts.

Vielleicht ist es der riesigen Entfernung zum Mutterland geschuldet, dass viele Traditionen extrem gepflegt werden. Es fällt auch auf, dass gerade die Städte an den Ostküsten erkennen lassen, wer dort zuerst gesiedelt hat. In Akaroa, südlich von Christchurch, fährt ein roter Doppeldeckerbus die Touristen in landschaftlich schöne Gegenden, und in Dunedin, wörtlich übersetzt Edinburgh, ist es eine wunderschöne, restaurierte Eisenbahn mit Salonwagen, die den absolut schottisch aussehenden Bahnhof verlässt. Wenn man Glück hat, winken einem Damen in nostalgischen Kleidern bei der Abfahrt zu. Sie scheinen ihre Outfits zu lieben.
Ebenso wie die Herrschaften in Napier, die jedes Jahr im

Februar mehrere Tage lang ihren Art-Deco-Stil feiern. Die Stadt fiel 1931 einem verheerenden Erdbeben und anschließendem Brand zum Opfer. Aber die Bewohner ließen sich nicht entmutigen, sondern bauten ihre Stadt besonders eindrucksvoll im Art-Deco-Stil der damaligen Zeit wieder auf. Allein im Theater hätte ich mich stundenlang aufhalten können. So viele liebevoll gestaltete Einzelheiten von der Beleuchtung bis zu den Schriftzügen galt es zu entdecken.

Was mich erschreckte waren die kilometerlangen Fahrten durch abgeholzte Landschaften. Grundsätzlich ist Neuseeland Natur pur, aber die mehrere Stockwerke hohen Halden mit Baumstämmen in jedem Hafen, die auf ihre Verladung nach China oder Japan warten, hätten mich stutzig machen müssen. Es gibt noch endlose Farn-, Laub- und Nadelwälder, aber wie lange noch?
„Fahren Sie nach Neuseeland, so lange es noch grün ist" habe ich jetzt schon öfter zu Interessierten gesagt.
Mir ist das Land irgendwie zu amerikanisch. Riesige Obstplantagen lösen noch riesigere Weinbaugebiete ab. Nirgendwo sah ich noch Handarbeit. Alles ist so angelegt, dass man mit Maschinen ernten kann. Natürlich ist das auch der Weite geschuldet. Anders wären die riesigen Flächen wahrscheinlich gar nicht zu bewirtschaften.

Was man tagsüber nicht zu Gesicht bekommt, sind die possierlich aussehenden Possums. Es gibt laut Statistik

zwanzig Mal mehr Possums als Menschen in Neuseeland. Sie ruinieren die Gärten, zerstören Bäume und
vergreifen sich an den Eiern der geliebten Kiwis, dem
Wappenvogel.

Man muss ihnen zugutehalten, dass sie die Wirtschaft
des Landes auf Schwung gebracht haben, denn nirgendwo sonst gibt es so kuschelige Wollsachen aus Possum,
das wärmer und trotzdem leichter als Merino oder
Kaschmir ist.

Zum Abschluss war ich im Südwesten der Südinsel mit
seiner traumhaft schönen Fjordlandschaft. Ich fühlte
mich direkt nach Norwegen versetzt.

Den Milford Sound kann man an Schönheit mit dem
Geirangerfjord vergleichen.

Die angebotenen Whale Watchingtouren verkniff ich
mir. Ich hatte vor Jahren Wale in Kanada erlebt – wunderschön. Die Touren waren hier kostspielig, so wie das
ganze Land in puncto Lebensmittel und Vergnügen für
deutsche Verhältnisse sehr teuer ist.

Apropos Deutschland: Erst nach meiner Rückkehr stellte ich fest, wie schön und abwechslungsreich Deutschland ist. Auch wir haben herrliche Strände, tiefe Seen,
Vulkane, endlose Wälder, schöne Parklandschaften und
hohe Berge. Warum muss man erst sooooo weit reisen,
um zu erkennen: Warum in die Ferne schweifen, wenn
das Gute liegt so nah! (Der alte Goethe war wahrlich
kein Dummer.)

Ich war wirklich: am anderen Ende der Welt ...

... so fühlt man sich, wenn man für die Rückreise 40 Stunden benötigt.

Ich spreche von Tasmanien, dieser Insel, die südlich von Australien liegt und viele Jahrmillionen mit ihr verbunden war. Circa 300 Kilometer breit und etwa ebenso lang, ähnlich groß wie Irland, aber nur 7,5 Einwohner pro Quadratkilometer. (Also noch dünner besiedelt als Neuseeland).
Ich dachte, wenn schon Ozeanien, dann möglichst viel auf einmal. Also von Neuseeland nach Australien und von da nach Hobart, der Hauptstadt von Tasmanien.
Dort kamen auch die Engländer an (1803) und töteten erst einmal alle Ureinwohner (Aborigines). Etwas südlich, in Port Arthur, bauten sie eine riesige Gefängnisanlage und brachten dort zwischen 1830 und 1850 die besonders „schweren Fälle" hin. Es galt damals als das ausbruchsicherste Gefängnis der Welt. Auf der einen Seite umgeben vom haifischverseuchten Meer, auf der anderen Seite vom fast undurchdringlichen Regenwald.

Im 19. und 20. Jahrhundert kam es zu einer entsetzlichen Ressourcenausbeutung (Holz und Bergbau). Diese wurde erst 2004 gestoppt. Tasmanien war der Geburtsort der Grünen. Große Teile der Insel mit inzwischen 19 Nationalparks wurden zum Welterbegebiet erklärt.

Aber für einige Pflanzen, Bäume und Tierarten war es schon zu spät. Durch die isolierte Lage waren ursprünglich viele Tiere und Pflanzen endemisch.

Mir ist unbegreiflich, dass Australien 2014 den Antrag stellte, wieder einige Teile auszugliedern und erneut für den Holzeinschlag zu nutzen.
Doch damit nicht genug. Seit einigen Jahren kaufen vorrangig Chinesen die schönsten Buchten auf, bauen Golf-plätze und Luxusresorts und verderben den kleinen Fischern den Fang, indem sie riesige Fischzuchtanlagen im Meer anlegen.

Ich hatte das Gefühl, die wunderbare Natur Tasmaniens wird verramscht. Ich sah auf der gesamten Reise kein Haus mit Solaranlage oder ein Windrad. Nur große Wasserkraftanlagen. Die Preise für Essen und Trinken sind enorm hoch, Benzin etwa so teuer wie bei uns.
Der „normale" Tassie hat kein Problem, vor einem Schnellrestaurant zu parken und den Motor minutenlang laufen zu lassen.

Darüber debattierte ich halbe Nächte mit meinen Freunden, die seit mehr als 25 Jahren auf Tasmanien überwintern. Sie hatten sich in diese Insel verliebt, als kaum jemand in Deutschland wusste, wo Tasmanien überhaupt liegt. Sie beobachten die Entwicklungen auch mit großer Sorge, aber immer noch zieht es sie Anfang Oktober in ihr schönes Haus mit herrlichem Blick auf das Meer und ihren üppigen Garten, in dem sie um Weihnachten herum Erdbeeren, Himbeeren und später auch Weintrauben und Oliven ernten können.

Bereits am ersten Morgen lief ich ahnungslos in den Garten, um Erdbeeren für den Joghurt zu pflücken. Die Sonne schien und blendete mich ein wenig. Oder war es der guten Tarnfarbe geschuldet? Jedenfalls sah ich mich erst im letzten Moment einer kleinen grün-braunen Schlange gegenüber, die ich wohl beim Sonnenbad gestört hatte und die mich jetzt mit erhobenem Haupt anzischte. Vor Schreck ließ ich mein Körbchen mit den bereits gepflückten Erdbeeren fallen und rannte ins Haus. Mir schossen blitzartig die Dokus durch den Kopf, die ich über Australien gesehen hatte mit Titeln wie: Die giftigsten Tiere leben auf dem fünften Kontinent!

Meine Freunde lachten. Sie seien noch nie gebissen worden. Die meisten Tiere hätten doch vor Menschen mehr Angst als umgekehrt.

Es gibt auf Tasmanien tausend Berge, die über tausend Meter hoch sind. Die Straßen sind verhältnismäßig gut, aber ohne Randstreifenbefestigung. Der Linksverkehr und ständige Kurven verlangen einem viel ab. Man sollte sich für eine Rundreise viel Zeit lassen.

Alle schönen Orte aufzuzählen, würde zu weit reichen.

Am meisten hat mich ein Künstler (Greg Duncan) im Landesinnern berührt. Er schuf „The Wall", ein etwa einhundert Meter langes Relief aus Huon Pine Holz, auf dem er die Geschichte Tasmaniens erzählt. Es steht in einem eigens dafür gebauten Haus, sehr beeindruckend.

Aber für nichts in der Welt würde ich diese Insel ein zweites Mal besuchen, und ich verstehe meine Freunde nicht, die von Oktober bis April dort unten leben, nur um dem deutschen Winter zu entkommen.

Und als letzte Seite fand er schließlich ein Gedicht, das ihn völlig aufwühlte.

Könnte ich nochmal ...

Mit 16 der Enge des Elternhauses entsprungen

Mit 26 die Freiheit aus der ersten Ehe errungen.

Mit 36 beruflich gefestigt und vielfach begehrt

Mit 46 auf dem Zenit und von Kollegen verehrt.

Mit 56 der erste wirklich ernsthafte Einschnitt

Mit 66 Alarm, mein Körper will nicht mehr mit.

Ein paar Jahre später fühlt sich mein Kopf noch an wie zwanzig,

aber ich merke genau, der Rest wird langsam ranzig.

Soll ich den Ausstieg alleine wählen

Oder mich durch Krankenhäuser quälen?

War doch so stolz auf mein selbstbestimmtes Leben

Würd was drum geben

Könnte ich nochmal 20 sein.

Zukunft

Er telefonierte lange mit Annika. Sie würden sich wieder sehen, das war versprochen.

Von diesem letzten Gedicht sagte er nichts. Er zermarterte sich den Kopf. Sollte sie vielleicht selbst nachgeholfen haben, weil sie merkte, dass ihre Kräfte schwanden und sie niemandem zur Last fallen wollte, fragte er sich.

Er sagte endgültig den Hausinteressenten ab, besprach alles Nötige mit den Nachbarn und engagierte einen Gärtner. Dann fuhr er zurück in die Stadt. Nie hätte er gedacht, dass auch er sich „auf dem platten Land" so wohl fühlen könnte.

Er verkaufte das Haus nicht. Er behielt es, um immer wieder zurückkehren zu können – zu Annika – und um an SIE zu denken und in dem abgegriffenen Ordner zu lesen. Inzwischen hatte er ihn komplett fotokopiert und an Linda geschickt. Bald würden die Geschichten erscheinen. Bis dahin gehörten auch die letzten Gedankenschnipsel ihm allein.

Erst Jahre später entdeckte er dies, und da wusste er, dass ihr der Verlust oder besser gesagt, der zu späte Verzicht auf ihre Firma, für die sie jahrelang Tag und Nacht geschuftet hatte, ihr vielleicht „das Herz gebrochen hatte". Sie konnte, nein wollte nicht ohne Arbeit leben.

Synchron – ein Zauberwort

Zugegeben, es gibt wichtigere Dinge im Leben als synchron.

Was ist überhaupt damit gemeint?

Bei Wikipedia steht: Das Wort synchron vereint zwei altgriechische Wortstämme: syn = mit, gemeinsam und chronos = Zeit. Es bedeutet im ursprünglichen Sinn gleichzeitig oder zeitlich übereinstimmend. Es kommt beim Film darauf an, das Bewegungen und die in Beziehung stehenden Töne bei der Vorführung als zeitlich übereinstimmend wahrgenommen werden.

Genauer hätte ich es nicht sagen können. Aber lange bevor ich wusste, dass dieses Wort aus dem Griechischen kommt, war es für mich ein Zauberwort.

Es war einmal ein süßes 17-jähriges Mädchen, das von Tuten und Blasen keine Ahnung hatte. (Sorry, von Letzterem schon, denn sie hatte einen Freund und konnte auch recht manierlich Blockflöte spielen). Zum Entsetzen seiner spießbürgerlichen Eltern besuchte es eine Schauspielschule. Wir schreiben das Jahr 1967. Die Jugend in Deutschland lehnte sich auf, und das Mädchen erst recht, denn es hatte viele Jahre im Bett sitzend zugebracht, ohne Freunde, ohne Spiele, ohne Toben.

Seit seinem 5. Lebensjahr war es an Asthma bronchiale erkrankt. Das Kortison war zu diesem Zeitpunkt schon erfunden, aber es kam als Kind nicht in seinen Genuss. Stattdessen wurde Ruhe verordnet, Tee und allerlei Salben, mit denen mehrmals täglich die Brust eingerieben wurde und deren Geruch sich als fester Bestandteil des Zimmers etablierte. So blieb viel Zeit zum Lesen und Handarbeiten. Einen Fernseher besaß die Familie noch nicht.

Bevor ich jetzt zu weit abschweife und einen Situationsbericht einer deutschen, ausgebombten Nachkriegsfamilie schildere, den sich später Geborene überhaupt nicht vorstellen können, mache ich es kurz. Das Mädchen sprach bis zu seinem knapp 16. Lebensjahr wenig, war stets brav und folgsam gewesen und brach dann – für die Eltern völlig überraschend – aus. So viel Wut und letztlich Lebenswille hatten sich in ihm aufgestaut, dass es alles auf eine Karte setzte. Es wollte nur noch raus aus dieser Enge, die ihm den Atem raubte. (Ich bin inzwischen fest davon überzeugt, das Asthma neben Vererbung und Veranlagung, in erster Linie psychische Auslöser hat.)
Also zurück ins Jahr 1967. Das Mädchen war aufgeregt. Es bekam seine erste Einladung von der Taunusfilm GmbH, einer HR-Tochter, die in Wiesbaden, Unter den Eichen, Spielfilme synchronisierte.

Wiesbaden, welch schöner Ort, dachte sie, als sie mit dem Bus am Kurpark und Kurhaus vorbeifuhr und dann in mehreren Kurven hinauf bis zu dem großen Gelände „Unter den Eichen", auf dem, neben zahlreichen Gebäuden, auch viele alte Bäume standen. Zu seiner großen Freude hüpften Eichhörnchen, scheinbar ohne große Berührungsängste, sondern eher zutraulich, von Ast zu Ast, es war richtig idyllisch.

Weniger idyllisch waren die Räumlichkeiten, in denen die Synchronisation stattfand.

Neben dem Regieraum, in dem der Regisseur und Tonmeister vor dem Mischpult saßen, daneben noch ein Tonassistent und der Aufnahmeleiter (der die Aufgabe hatte, die Sprecher bzw. Sprecherinnen zu bestellen, die Texte auszuhändigen usw.) herumwuselten, befand sich ein größerer Raum mit 4 Perfoläufern (Filmgeber) und mindestens 3 Männern in grauen Kitteln, die damit beschäftigt waren, die Filmschnipsel, die in ähnlich langen Streifen an der Wand hingen, mit Weißband zu versehen und dann zu einer Rolle zusammenzukleben und in die Perfoläufer einzufädeln. Und zwar in genau der Reihenfolge, die als Takeliste an der Wand hing. Eine langweilige Arbeit und bei dem Feinstaub, der dabei entstand, auch bestimmt nicht gesundheitsfördernd. Ein Filmschnipsel war ein Take. Und diese Takes wurden zuvor von der Cutterin bestimmt, die das Synchronbuch in die einzelnen Takes eingeteilt hatte, je nach dem, wo man eine Unterhaltung gut schneiden konnte, ein Umschnitt oder sogar ein Locationwechsel im Film war, und die jetzt im Aufnahmeraum saß und zu entscheiden hatte, ob eine Aufnahme synchron war oder nicht oder ob man den aufgenommenen Take später ein wenig vor oder zurückschieben konnte, sodass er synchron wurde. Mehr war technisch zu der damaligen Zeit nicht möglich. Und die Aufnahmen waren natürlich in Mono. Die großen Sprachbandspulen nannte man Senkel, gewöhnlich mit einer Länge von fast 1000 Metern, was circa einer halben Stunde Laufzeit entsprach. In der Mitte hatten die Senkel einen Metallkern, den nannte man Bobby. Keine Ahnung, wer je auf diese lustige Wortwahl kam.

Im Nachhinein muten all diese branchenspezifischen Worte sehr lustig an. Es gab längst noch nicht für alles – wie heute – englische Worte.

Zurück zur Aufnahme. Die fand im Aufnahmeraum statt. Ähnlich einem kleinen Kinosaal mit großer Leinwand, aber nur im hinteren Teil mit zwei, drei Stuhlreihen bestückt, auf denen die Sprecher saßen. In der Mitte stand das Mikrofon, und je nachdem, welche Schauspieler/Sprecher in einem Take vorkamen, traten diese vor, ans Mikrofon. Jetzt wurde der Take einmal in Originalversion eingespielt, dann lief stumm nur das Bild und man musste dazu sprechen. Die Cutterin saß meist etwas seitlich vom Mikrofon an einem kleinen Tisch mit Leselampe. Sie hakte jedes Mal im Dialogbuch den Take ab, wenn er von der Regie als abgenommen betitelt wurde. Dann ertönte über den Saallautsprecher die Stimme des Regisseurs: Gestorben! Genauso wie bei einem Filmdreh sprach man und spricht man teilweise auch heute noch von Drehtagen, wenn man synchronisiert. Ich lache mich immer noch über Kollegen kaputt, die sagen: Oh, ich hab drei Tage lang gedreht, insgesamt mehr als 600 Takes, die Hauptrolle in Sowieso. Man dreht nicht, man spricht die Rolle des Sowieso in einem Film. Wobei „sprechen" natürlich auch nicht die richtige Bezeichnung ist. Eigentlich spielt man Situationen nach, die ein ausländischer Schauspieler dargestellt hat. Und diese Mühe macht man sich nur, weil hierzulande die Leute nicht gewohnt sind, Filme im Originalton mit deutschen Untertiteln zu schauen.

Inzwischen sprechen viele Menschen sehr gut Englisch und schauen sich die Filme lieber im Original an, aber das ist recht mühsam, wenn viele Slangausdrücke gebraucht werden. Außerdem darf man nicht unterschätzen, dass in vielen Actionfilmen die Geräusche oder auch Musik so laut dazu gemischt sind, dass die Sprache nur schwer zu verstehen ist. Das mag dann im Deutschen hier und da ein wenig hölzern klingen, ist aber wesentlich entspannter zum Schauen. Zumal inzwischen der Anteil russischer, polnischer, ungarischer, tschechischer, skandinavischer, südeuropäischer, türkischer, indischer und japanischer Filme – hoffentlich habe ich kein Land vergessen – rasant zugenommen hat.

Ich finde zwar den Ansatz in anderen Ländern, die fast ausschließlich untertiteln, sehr lehrreich (man kann so eine andere Sprache lernen), aber man muss wirklich daran gewöhnt sein, sonst geht ein Großteil des Films zu Lasten des Lesens verloren.

So, im Grunde könnte ich jetzt hier enden, denn im Kern wurde schon alles gesagt, was eine Synchro ausmacht. Aber noch mal zurück zu der kleinen 17-Jährigen: Aus irgendeinem Grund hatte sie das Interesse des Regisseurs, der aus München kam und recht bekannt war, geweckt. Als ihre paar Takes fertig waren, – trotz ein paar Versprecher vor lauter Aufregung, hatte sie sich blitzschnell in die Situation eingefunden und den richtigen Ton getroffen – stellte man fest, dass das Kind fehlte, das als nächstes an die Reihe kommen sollte. Vorwitzig sagte sie: Soll ich mal probieren? Erst kam lange nichts aus der Regiekabine, dann ein grummeliges „Dann biet mal was an!". Zum Erstaunen aller klang gleich der erste Satz wie aus dem Munde einer 10-jährigen, frechen Göre, denn sie hatte die Worte so umgestellt, wie Kinder sie sagen würden. Aus der Regie kam ein noch Grummeligeres „Des mag i gar nicht, wenn du den Text so eigenmächtig umstellst. Aber, passt scho!".

Etwa drei Wochen später bekam sie von eben diesem Regisseur einen Anruf, er hätte eine Sprechrolle für sie in München.
Um 4 Uhr früh fuhr sie los. In einem Fiat 500. Neben sich eine Thermoskanne mit Tee, zwei Äpfel und Wurstbrote. Ihre Verpflegung für einen langen Tag. Man hätte ihr ein Zugticket 1. Klasse bezahlt, außerdem eine Übernachtung. Aber sie ließ sich dieses Geld lieber auszahlen und nahm die Fahrt im firmeneigenen Auto in Kauf – sie arbeitete neben der Schauspielschule in einem Büro – zumal diese mit einem gewaltigen Nervenkitzel versehen war: Sie war noch keine 18 und hatte noch keinen Führerschein. Aber sie konnte Auto fahren. Ihr Chef hatte sie mal gefragt Kannst du Auto fahren und sie hatte Ja gesagt und gleich darauf die Schlüssel in die Hand bekommen: Fahr du bitte zurück, ich muss direkt weiter nach Zürich. Gelogen hatte sie ja nicht. Er hatte nie nach ihrem Alter gefragt. Und aussehen tat sie viel älter.

Kurz nach 9 Uhr war sie in Unterföhring. Das Firmengelände – kein Vergleich mit heute. Aber damals als Produktionsstätte wesentlich moderner als die in Wiesbaden.

In den folgenden Jahren sollte sie noch oft in Unterföhring arbeiten, im Synchron und vor der Kamera, aber das würde jetzt zu weit führen. Fakt ist: K. E. Ludwig (so hieß der Regisseur) war ein strenger, aber guter Lehrmeister.

Nur mit den Münchnern wurde sie nicht warm. Sie verzieh ihren Kollegen nie, dass diese beim ersten Mal, als sie den Aufnahmeraum betrat, raunten: Wer ist denn die? Eine Neue aus Frankfurt. Eine Preußin, pfui Deibel. Frankfurt, die Banken- und Nuttenstadt?

Sobald sie sich einmal versprach, hörte sie hinter sich: I hab´s ja glei gesagt, die kann des nicht.

Todmüde und mit Tränen in den Augen fuhr sie abends den weiten Weg zurück.

Sie hatte sich nur einen Tag frei genommen. Aber sie war endgültig infiziert vom Synchronvirus. Und jetzt kam ihr oberhessischer Dickkopf durch: Denen werd ich´s zeigen, den blöden Bayern! Auf dieser Rückfahrt wusste sie: Synchronisieren war genau ihr Ding!

Sie würde ihr eigenes Studio bauen, im Rhein-Main-Gebiet, da wo es noch nie eins gegeben hatte.

EPILOG

Was ist Liebe

Nicht nur die Sonnenseiten zu erleben
Verliebt auf Wolke 7 schweben
Unendlich viele Erlebnisse teilen
Und sich beeilen
Sie nicht zu vergessen, im Laufe der Zeit.

Nicht nur im üblichen Alltagstrotte
Sich aufzuregen über eine Marotte
Des anderen. Und dann doch zu lachen
Denn jeder macht Sachen
Die nicht gut sind, im Laufe der Zeit.

Nicht nur bei Krankheit sich Sorgen machen
Sondern tagtäglich über den anderen wachen
Denn es beginnt mit Kleinigkeiten
Die sich ausweiten
Und demente Züge annehmen, im Laufe der Zeit.

Dann ist es gut, beieinander zu liegen
Sich zärtlich, sanft in den Armen zu wiegen
Zusammen zu reden, zusammen zu schweigen
Gefühle zu zeigen
Denn die werden mehr, im Laufe der Zeit.

Liebe ist, nach all den Jahren,
Sich die Liebe zu bewahren
Und mit grauen oder wenig Haaren
Noch zu sagen: Schön, dass es dich gibt!

Denn es sind die Menschen, die schon viel zu lange
Größtes Leid einander antun, und es wird mir bange
Schau ich ihrem Treiben zu.
Deshalb möchte ich, dass du
Und ich uns nie verletzen, im Laufe der Zeit.

Ingrid Metz-Neun
Brav kann ich auch, bringt aber nix
Roman
ISBN: 978-3-945923-20-7
168 Seiten, 10,00 €

Pressestimmen zu
Brav kann ich auch, bringt aber nix:

Über Jahrzehnte beschwor Ingrid Metz-Neun allein mit dem Klang ihrer Stimme erotische Phantasien herauf. Jetzt füttert die 68-Jährige die Bilder im Kopf ihrer Leser. Der freizügige Roman BRAV KANN ICH AUCH, BRINGT ABER NIX, ein Plädoyer für ein Leben in Unabhängigkeit und für ein Beziehungsmodell, das nicht damit endet, dass Paare in Rente gehen und sich nichts mehr zu erzählen haben, sondern weiter ihre Liebe leben, kommt gut an.
Frankfurter Neue Presse

Ingrid Metz-Neun blickt auf ein bewegtes Leben zurück. Jetzt hat die gelernte Schauspielerin und Synchronsprecherin ihren ersten Roman veröffentlicht. Das Buch BRAV KANN ICH AUCH, BRINGT ABER NIX ist eine Mischung aus Fantasie und Erlebtem.
Dithmarsche Landeszeitung

Gartenarbeit, Strandspaziergänge und das Schreiben an der Nordsee – für all das hat Ingrid Metz-Neun endlich Zeit. „In meinem Kopf ist so viel, was raus will – so schnell kann ich gar nicht schreiben", sagt sie. Gerade ist ihr erster Roman erschienen – und ein Hauch Autobiografie steckt in BRAV KANN ICH AUCH, BRINGT ABER NIX.
Straßenbahn Magazin

Ingrid Metz-Neun
Wenn der Verstand Pause macht, höre auf dein Herz
Lebens- und Liebesgeschichten
ISBN: 978-3-748167-19-8
171 Seiten, 10,00 €

Inhalt:

Wenn der Verstand Pause macht, höre auf dein Herz

Immer wieder passieren Dinge im Leben und kommt es zu Begegnungen die einen zwingen, eine Entscheidung zu treffen. Gut, wenn man dann eine starke innere Stimme hat und auf sie hört. Aber besonders in jungen Jahren ist man gern unvernünftig und macht genau das nicht.
Dieses Buch erzählt davon in lustigen, traurigen, verrückten Lebens- und natürlich auch Liebes-Geschichten.